語言鳥 **P**arrot

語言是通往世界的橋樑

語言鳥 **P**arrot

語言是通往世界的橋樑

ONE DAY

5分鐘

搞定

日語單字

超速！語彙力レベルアップ

50音基本發音表

清音

a	ㄚ	i	ㄧ	u	ㄨ	e	ㄟ	o	ㄡ
あ	ア	い	イ	う	ウ	え	エ	お	オ
ka	ㄎㄚ	ki	ㄎㄧ	ku	ㄎㄨ	ke	ㄎㄟ	ko	ㄎㄡ
か	カ	き	キ	く	ク	け	ケ	こ	コ
sa	ㄙㄚ	shi	ㄒㄧ	su	ㄙㄨ	se	ㄙㄟ	so	ㄙㄡ
さ	サ	し	シ	す	ス	せ	セ	そ	ソ
ta	ㄊㄚ	chi	ㄑㄧ	tsu	ㄘ	te	ㄊㄟ	to	ㄊㄡ
た	タ	ち	チ	つ	ツ	て	テ	と	ト
na	ㄋㄚ	ni	ㄋㄧ	nu	ㄋㄨ	ne	ㄋㄟ	no	ㄋㄡ
な	ナ	に	ニ	ぬ	ヌ	ね	ネ	の	ノ
ha	ㄏㄚ	hi	ㄏㄧ	hu	ㄏㄨ	he	ㄏㄟ	ho	ㄏㄡ
は	ハ	ひ	ヒ	ふ	フ	へ	ヘ	ほ	ホ
ma	ㄇㄚ	mi	ㄇㄧ	mu	ㄇㄨ	me	ㄇㄟ	mo	ㄇㄛ
ま	マ	み	ミ	む	ム	め	メ	も	モ
ya	ㄧㄚ			yu	ㄧㄩ			yo	ㄧㄛ
や	ヤ			ゆ	ユ			よ	ヨ
ra	ㄌㄚ	ri	ㄌㄧ	ru	ㄌㄨ	re	ㄌㄟ	ro	ㄌㄛ
ら	ラ	り	リ	る	ル	れ	レ	ろ	ロ
wa	ㄨㄚ			wo	ㄨㄛ			n	ㄣ
わ	ワ			を	ヲ			ん	ン

50音基本發音表

濁音

ga 《Y	gi 《一	gu 《X	ge 《へ	go 《ㄡ
が ガ	ぎ ギ	ぐ グ	げ ゲ	ご ゴ
za ㄗY	ji ㄐー	zu ㄗ	ze ㄗへ	zo ㄗㄡ
ざ ザ	じ ジ	ず ズ	ぜ ゼ	ぞ ゾ
da ㄉY	ji ㄐー	zu ㄗ	de ㄉへ	do ㄉㄡ
だ ダ	ぢ ヂ	づ ヅ	で デ	ど ド
ba ㄅY	bi ㄅー	bu ㄅX	be ㄅへ	bo ㄅㄡ
ば バ	び ビ	ぶ ブ	べ ベ	ぼ ボ
pa ㄆY	pi ㄆー	pu ㄆX	pe ㄆへ	po ㄆㄡ
ぱ パ	ぴ ピ	ぷ プ	ぺ ペ	ぽ ポ

50音基本發音表

拗音-1　　●TRACK 004

kya ㄎㄧㄚ	kyu ㄎㄧㄩ	kyo ㄎㄧㄛ
きゃ キャ	きゅ キュ	きょ キョ
sha ㄒㄧㄚ	syu ㄒㄧㄩ	sho ㄒㄧㄛ
しゃ シャ	しゅ シュ	しょ キョ
cha ㄑㄧㄚ	chu ㄑㄧㄩ	cho ㄑㄧㄛ
ちゃ チャ	ちゅ チュ	ちょ チョ
nya ㄋㄧㄚ	nyu ㄋㄧㄩ	nyo ㄋㄧㄛ
にゃ ニャ	にゅ ニュ	にょ ニョ
hya ㄏㄧㄚ	hyu ㄏㄧㄩ	hyo ㄏㄧㄛ
ひゃ ヒャ	ひゅ ヒュ	ひょ ヒョ
mya ㄇㄧㄚ	myu ㄇㄧㄩ	myo ㄇㄧㄛ
みゃ ミャ	みゅ ミュ	みょ ミョ
rya ㄌㄧㄚ	ryu ㄌㄧㄩ	ryo ㄌㄧㄛ
りゃ リャ	りゅ リュ	りょ リョ

50音基本發音表

拗音-2　　●TRACK 004

gya 《一Y		gyu 《一ㄩ		gyo 《一ㄡ	
ぎゃ	ギャ	ぎゅ	ギュ	ぎょ	ギョ
ja ㄐㄧㄚ		iu ㄐㄧㄩ		jo ㄐㄧㄡ	
じゃ	ジャ	じゅ	ジュ	じょ	ジョ
ja ㄐㄧㄚ		ju ㄐㄧㄩ		jo ㄐㄧㄡ	
ぢゃ	チャ	ぢゅ	チュ	ぢょ	チョ
bya ㄅㄧㄚ		byu ㄅㄧㄩ		byo ㄅㄧㄡ	
びゃ	ビャ	びゅ	ビュ	びょ	ビョ
pya ㄆㄧㄚ		pyu ㄆㄧㄩ		pyo ㄆㄧㄡ	
ぴゃ	ピャ	ぴゅ	ピュ	ぴょ	ピョ

日常

非日常

超速！日本語会話マスター

ONE DAY

5 分鐘
搞定
日語 單字

Chapter.01

日常

超速！語彙力 レベルアップ

花嫁
はなよめ
ha.na.yo.me.
新娘

例句

このところ、和装に憧れる花嫁さんが増えてきたそうです。

ko.no.to.ko.ro./ wa.so.u.ni.a.ko.ga.re.ru.ha.na.yo.me.sa.n.ga.fu.e.te.ki.ta.so.u.de.su.

據説最近嚮往日式結婚禮服的新娘變多了。

類詞

花婿 はなむこ	ha.na.mu.ko. 新郎
お見合い みあ	o.mi.a.i. 相親
結婚式の招待状 けっこんしきしょうたいじょう	ke.kko.n.shi.ki.no.sho.u.ta.i.jo.u. 喜帖
結婚披露宴 けっこんひろうえん	ke.kko.n.hi.ro.u.e.n. 喜宴
嫁姑問題 よめしゅうとめもんだい	yo.me.shu.u.to.me.mo.n.da.i. 婆媳問題
実家 じっか	ji.kka. 老家、娘家

夫婦
ふうふ
fu.u.fu.
夫妻

例句

結婚30年目、いまだに新婚のように仲が良いです。

ke.kko.n.sa.n.ju.u.ne.n.me./ i.ma.da.ni.shi.n.ko.n.no.yo.u.ni.na.ka.ga.i.i.de.su.

我們結婚30年了，現在還像新婚時一樣感情融洽。

類詞

夫	o.tto. 丈夫
奥さん	o.ku.sa.n. 太太
人妻	hi.to.zu.ma. 他人之妻、已婚女子
既婚者	ki.ko.n.sha. 已婚者
未婚者	mi.ko.n.sha. 未婚者
浮気	u.wa.ki. 外遇

こそだ
子育て
ko.so.da.te.
養育小孩

例句

子供と一緒にいるだけで幸せだから、子育てが
大変だなんて思わない。

ko.do.mo.to.i.ssho.ni.i.ru.da.ke.de.shi.a.wa.
se.da.ka.ra./ ko.so.da.te.ga.ta.i.he.n.da.na.n.te.
o.mo.wa.na.i.

能跟小孩在一起我就很幸福了，所以不覺得養育小孩
是件苦差事。

類詞

にんしん 妊娠	ni.n.shi.n. **懷孕**
しゅっさん 出産	shu.ssa.n. **生產**
こな 粉ミルク	ko.na.mi.ru.ku. **奶粉**
ほにゅうびん 哺乳瓶	ho.nu.u.bi.n. **奶瓶**
おしゃぶり	o.sha.bu.ri. **奶嘴**
おむつ	o.mu.tsu. **尿布**

せんぎょうしゅふ
専業主婦
se.n.gyo.u.shu.fu.
家庭主婦

例句

せんぎょうしゅふ かじ あ まえ みな
専業主婦が家事をやるのは当たり前って皆もそ
おも
う思ってるんじゃない。

se.n.gyo.u.shu.fu.ga.ka.ji.o.ya.ru.no.wa.a.ta.
ri.ma.e.tte.mi.na.mo.so.u.o.mo.tte.ru.n.ja.na.i.

大家應該也都覺得家庭主婦做家事是理所當然的吧。

類詞

ていしゅかんぱく 亭主関白	te.i.shu.ka.n.pa.ku. 大男人主義
ていしゅ 亭主	te.i.shu. 主人、老板、丈夫
せんたく 洗濯	se.n.ta.ku. 洗衣服
せんたくき 洗濯機	se.n.ta.ku.ki. 洗衣機
はりしごと 針仕事	ha.ri.shi.go.to. 針線活兒
ふろそうじ 風呂掃除	fu.ro.so.u.ji. 浴室清潔

末っ子
すえ こ
su.e.kko.
老么

例句

なんか末っ子ってあまりいいイメージじゃない
と思います。

na.n.ka.su.e.kko.tte.a.ma.ri.i.i.me.e.ji.ja.na.i.to.
o.mo.i.ma.su.

總覺得人們對老么的印象好像都不太好呢。

類詞

一人っ子 ひとり こ	hi.to.ri.kko. 獨子
母親似 ははおやに	ha.ha.o.ya.ni. 長相或言行與母親相似
甘ったれ あま	a.ma.tta.re. 愛撒嬌的孩子
我が儘 わ まま	wa.ga.ma.ma. 任性
孤児 こ じ	ko.ji. 孤兒
子供心 こどもごころ	ko.do.mo.go.ko.ro. 童心

御曹司
おんぞうし
o.n.zo.u.shi.

富二代、名門公子

例句

最近の少女漫画って長身でイケメンな御曹司キャラがメインなの？

sa.i.ki.n.no.sho.u.jo.ma.n.ga.tte.cho.u.shi.n.de.i.ke.me.n.na.o.n.zo.u.shi.kya.ra.ga.me.i.n.na.no.

最近少女漫畫的主流是高大帥氣的富二代男角嗎？

類詞

玉の輿 たま こし	ta.ma.no.ko.shi. 嫁入豪門飛上枝頭變鳳凰
逆玉の輿 ぎゃくたま こし	gya.ku.ta.ma.no.ko.shi. 娶富家女少奮鬥幾十年
使用人 しょうにん	shi.yo.u.ni.n. 佣人
若様 わかさま	wa.ka.sa.ma. 少爺
長女 ちょうじょ	cho.u.jo. 長女
次男 じなん	ji.na.n. 次子

生まれ
う
u.ma.re.
誕生、籍貫、門第

1-1 家庭

例句

君に巡り会うために、私は生まれてきたんだって言うのって古くない？
ki.mi.ni.me.gu.ri.a.u.ta.me.ni./ wa.ta.shi.wa.u.ma.re.te.ki.ta.n.da.tte.i.u.no.tte.fu.ru.ku.na.i.

「我生來就是為了遇見你」，這樣講不會很老派嗎？

類詞

一目惚れ	hi.to.me.bo.re. 一見鍾情
片思い	ka.ta.o.mo.i. 單戀
三角関係	sa.n.ka.ku.ka.n.ke.i. 三角戀
田舎育ち	i.na.ka.so.da.chi. 在鄉下長大
都会育ち	to.ka.i.so.da.chi. 在都市長大
保護者	ho.go.sha. 監護人

座右の銘

ざゆう めい

za.yu.u.no.me.i.

座右銘

例句

明日は明日の風が吹くという言葉が私の座右の銘なんです。

あした あした かぜ ふ ことば わたし ざゆう めい

a.shi.ta.wa.a.shi.ta.no.ka.ze.ga.fu.ku.to.i.u.ko.to.ba.ga.wa.ta.shi.no.za.yu.u.no.me.i.na.n.de.su.

「船到橋頭自然直」這句話是我的座右銘。

類詞

こだわり	ko.da.wa.ri. 拘泥、堅持
信条 しんじょう	shi.n.jo.u. 信念
辛抱 しんぼう	shi.n.bo.u. 忍耐
励まし はげ	ha.ge.ma.shi. 激勵
決まり文句 き もんく	ki.ma.ri.mo.n.ku. 老調、口頭禪
四字熟語 よじじゅくご	yo.ji.ju.ku.go. 成語

親戚
しんせき
shi.n.se.ki.
親戚

例句

実は、あのかっこいい人気俳優は私の親戚なん
です。

ji.tsu.wa./ a.no.ka.kko.i.i.ni.n.ki.ha.i.yu.u.wa.
wa.ta.shi.no.shi.n.se.ki.na.n.de.su.

其實那個很帥的當紅演員是我的親戚。

類詞

親友	shi.n.yu.u. 摯友
友達	to.mo.da.chi. 朋友
幼馴染	o.sa.na.na.ji.mi. 青梅竹馬
同い年	o.na.i.do.shi. 跟自己同年齡的人
年上	to.shi.u.e. 比自己年紀大的人
年下	to.shi.shi.ta. 比自己年紀小的人

もとかれし
元彼氏
mo.to.ka.re.shi.
前男友

1-1
家
庭

例句

彼氏がいるのに、元彼がどうしても忘れられないから、困っている。

ka.re.shi.ga.i.ru.no.ni./ mo.to.ka.re.ga.do.u.shi.te.mo.wa.su.re.ra.re.na.i.ka.ra./ ko.ma.tte.i.ru.

明明都有現任男友了，還忘不了前男友很困擾。

類詞

もとかのじょ 元彼女	mo.to.ka.no.jo. 前女友
わか 別れる	wa.ka.re.ru. 分手、離別
なかなお 仲直り	na.ka.na.o.ri. 和好
ぜっこう 絶交	ze.kko.u. 絶交
なかまわ 仲間割れ	na.ka.ma.wa.re. 內鬨
こいびとどうし 恋人同士	ko.i.bi.to.do.u.shi. 戀人們

ふたまた
二股
fu.ta.ma.ta.

腳踏兩條船

例句

ふたまた
二股をかけられてたことが分かった時、ショックすぎて何も言えなかった。

fu.ta.ma.ta.o.ka.ke.ra.re.te.ta.ko.to.ga.wa.ka.tta. to.ki./ sho.kku.su.gi.te.na.ni.mo.i.e.na.ka.tta.

當我知道自己被劈腿的時候，震驚到一句話都説不出口。

類詞

りこん 離婚	ri.ko.n. 離婚
ふりん 不倫	fu.ri.n. 婚外情
こうさいあいて 交際相手	ko.u.sa.i.a.i.te. 交往對象
あいじん 愛人	a.i.ji.n. 小三、情夫、情婦
どろぼうねこ 泥棒猫	do.ro.bo.u.ne.ko. 狐狸精
お だ 追い出す	o.i.da.su. 轟出去、趕出去

アパート
a.pa.a.to.
公寓

例句

アパートを借りる時、注意すべきポイントを教えてください。

a.pa.a.to.o.ka.ri.ru.to.ki./ chu.u.i.su.be.ki.po.i.n.to.o.o.shi.e.te.ku.da.sa.i.

請告訴我租公寓需要注意哪些地方。

類詞

ビル	bi.ru. **高樓大廈**
ワンルーム	wa.n.ru.u.mu. **套房**
別荘	be.sso.u. **別墅**
新築	shi.n.chi.ku. **新蓋的建築物**
2階建て	ni.ka.i.da.te. **兩層樓的建築物**
エレベーター付き物件	e.re.be.e.ta.a.tsu.ki.bu.kke.n. **有電梯的建築物**

Track
011

家賃
やちん
ya.chi.n.
房租

1-1
家庭

例句

今月は金欠で、家賃は払えそうにない。
こんげつ　きんけつ　　　やちん　はら

ko.n.ge.tsu.wa.ki.n.ke.tsu.de./ ya.chi.n.wa.ha.ra.e.so.u.ni.na.i.

這個月缺錢，可能付不出房租了。

類詞

敷金 しききん	shi.ki.ki.n. 押金
礼金 れいきん	re.i.ki.n. 給房東的酬謝金
電気代 でんきだい	de.n.ki.da.i. 電費
水道代 すいどうだい	su.i.do.u.da.i. 水費
ガス代 だい	ga.su.da.i. 瓦斯費
大家さん おおや	o.o.ya.sa.n. 房東

天然ボケ
て.ん.ね.ん
te.n.ne.n.bo.ke.
天然呆

例句
あの芸能人の天然ボケは本物ですか？それとも
ニセ天然ですか？

a.no.ge.i.no.u.ji.n.no.te.n.ne.n.bo.ke.wa.
ho.n.mo.no.de.su.ka./ so.re.to.mo.ni.se.te.n.ne.
n.de.su.ka.

那個藝人的天然呆性格是真的嗎？還是說那是裝出來
的？

1-2
性

格

類詞

天然キャラ て.ん.ね.ん	te.n.ne.n.kya.ra. 有天然呆性格的人或角色
役作り や.く.づ.く.り	ya.ku.zu.ku.ri. （演員）揣摩角色
天然パーマ て.ん.ね.ん	te.n.ne.n.pa.a.ma. 自然捲
生まれつき う	u.ma.re.tsu.ki. 與生俱來的特質或能力
自然 し.ぜ.ん	shi.ze.n. 自然界、原本的狀態
人工 じ.ん.こ.う	ji.n.ko.u. 人造、人為

ブリッ子
こ
bu.ri.kko.
装可愛、做作的人

例句

自分はそう思ってなくても、傍から見ればぶりっ子に見えるかも。

ji.bu.n.wa.so.u.o.mo.tte.na.ku.te.mo./ ha.ta.ka.ra.mi.re.ba.bu.ri.kko.ni.mi.e.ru.ka.mo.

就算自己沒這麼想，但從旁人眼光看來也許就是做作。

類詞

猫被り	ne.ko.ka.bu.ri. 偽善、裝模作樣
愛嬌	a.i.kyo.u. 和藹可親、可愛的
愛らしい	a.i.ra.shi.i. 惹人憐愛的
カマトト	ka.ma.to.to. 做作、矯情
計算	ke.i.sa.n. 計算、有經過精密打算
あるがまま	a.ru.ga.ma.ma. 保持現狀

はらぐろ
腹黒
ha.ra.gu.ro.
壞心眼

例句

花ちゃんはよく腹黒って言われちゃうんだけど、実はいい人なんだよ。

ha.na.cha.n.wa.yo.ku.ha.ra.gu.ro.tte.i.wa.re.cha.u.n.da.ke.do./ ji.tsu.wa.i.i.hi.to.na.n.da.yo.

雖然小花常被說是壞心眼的人,但其實她是個好人。

類詞

ずるい	zu.ru.i. 奸詐、狡猾的
こざか 小賢しい	ko.za.ka.shi.i. 賣弄小聰明的
きたな 汚い	ki.ta.na.i. 骯髒、卑鄙、下流的
わるぢえ 悪知恵	wa.ru.zi.e. 壞點子、陰謀詭計
あくとくしょうほう 悪徳商法	a.ku.to.ku.sho.u.ho.u. 不道德的經商方法
ふせい 不正	fu.se.i. 不正當的

恥ずかしがり屋
ha.zu.ka.shi.ga.ri.ya.
害羞、靦腆的人

1-2
性
格

例句

子供の頃は恥ずかしがり屋だったから、友達なんか一人もいなかったんだ。

ko.do.mo.no.ko.ro.wa.ha.zu.ka.shi.ga.ri.ya.da.
tta.ka.ra./ to.mo.da.chi.na.n.ka.hi.to.ri.mo.i.na.
ka.tta.n.da.

小時候我的個性很害羞，所以連一個朋友都沒有。

類詞

気弱い	ki.yo.wa.i. 懦弱的
陰気	i.n.ki. 抑鬱、陰沉的
遠慮がち	e.n.ryo.ga.chi. 客氣、謙虛
照れ屋	te.re.ya. 害羞的人
照れ臭い	te.re.ku.sa.i. 害羞、難為情的
赤面	se.ki.me.n. 臉紅、害臊

臆病者

おくびょうもの

o.ku.byo.u.mo.no.

膽小鬼、懦夫

例句

弟 は臆病者だから、お化け屋敷とか肝試しとか無理じゃないかな。

おとうと おくびょうもの ば やしき きもだめ むり

o.to.u.to.wa.o.ku.byo.u.mo.no.da.ka.ra./ o.ba. ke.ya.shi.ki.to.ka.ki.mo.da.me.shi.to.ka.mu.ri. ja.na.i.ka.na.

我弟弟很膽小，所以我想他鬼屋或試膽大會之類的應該都不行吧。

類詞

腰抜け こしぬ	ko.shi.nu.ke. 怯懦、窩囊
小心者 しょうしんもの	sho.u.shi.n.mo.no. 度量小、膽小的人
弱虫 よわむし	yo.wa.mu.shi. 沒種、窩囊廢
意気地無し いくじな	i.ku.ji.na.shi. 沒出息、不爭氣
根性 こんじょう	ko.n.jo.u. 骨氣、毅力
怖い こわ	ko.wa.i. 令人害怕的

陽気
よ う き
yo.u.ki.
開朗

例句

私は一生をかけても、陽気な人にはなれないような気がする。
わたしいっしょう　　　　　　ようき　ひと　　き

wa.ta.shi.wa.i.ssho.u.o.ka.ke.te.mo/ yo.u.ki.na.hi.to.ni.wa.na.re.na.i.yo.u.na.ki.ga.su.ru.

總覺得我就算花上一輩子的時間努力，應該也沒辦法變成開朗的人。

類詞

社交的 しゃこうてき	sha.ko.u.te.ki. 善於社交的
明るい あか	a.ka.ru.i. 明亮、明朗的
気さく き	ki.sa.ku. 爽快、明朗的
活き活き い　い	i.ki.i.ki. 生氣勃勃
朗らか ほが	ho.ga.ra.ka. 開朗的、天氣晴朗的
八方美人 はっぽうびじん	ha.ppo.u.bi.ji.n. 八面玲瓏

やんちゃ

ya.n.cha.

調皮搗蛋的

例句

うちの子はね、すごく元気なんだけど、少しやんちゃな所もある。

u.chi.no.ko.wa.ne./ su.go.ku.ge.n.ki.na.n.da. ke.do./ su.ko.shi.ya.n.cha.na.to.ko.ro.mo.a.ru.

我家小孩啊，他雖然很有活力，但有點調皮呢。

類詞

腕白 (わんぱく)	wa.n.pa.ku. 調皮淘氣的
小僧 (こぞう)	ko.zo.u. 臭小子
お転婆 (てんば)	o.te.n.ba. 男人婆
男勝り (おとこまさり)	o.to.ko.ma.sa.ri. 男孩子氣的
悪戯っ子 (いたずら)	i.ta.zu.ra.kko. 愛惡作劇的小孩
反抗期 (はんこうき)	ha.n.ko.u.ki. 叛逆期

生意気
な ま い き
na.ma.i.ki.
自大、狂妄

例句

ガキの分際で、生意気だぞ。俺に勝つなんて
100 年早いんだよ。

ga.ki.no.bu.n.za.i.de./ na.ma.i.ki.da.zo.u./ o.re.
ni.ka.tsu.na.n.te.hya.ku.ne.n.ha.ya.i.n.da.yo.

你這囂張的臭小鬼想贏過我再回去練個 100 年吧。

類詞

み ば 見栄え	mi.ba.e. 虛榮、排場
き ざ 気障	ki.za. 裝腔作勢令人作嘔
わ ものがお 我が物顔	wa.ga.mo.no.ga.o. 旁若無人、唯我獨尊
お つ 押し付けがましい	o.shi.tsu.ke.ga.ma.shi.i. 強加於人的
にく 憎らしい	ni.ku.ra.shi.i. 令人憎恨、忌妒的
ぼうげん 暴言	bo.u.ge.n. 謾罵

大らか
お

o.o.ra.ka.

落落大方、胸襟開闊

例句

彼女は大らかな性格の持ち主だけど、悪く言えば適当すぎる人だ。

ka.no.jo.wa.o.o.ra.ka.na.na.se.i.ka.ku.no.mo.chi.nu.shi.da.ke.do./ wa.ru.ku.i.e.ba.te.ki.to.u.su.gi.ru.hi.to.da.

她的個性落落大方，但說難聽一點就是很隨便的人。

類詞

自由	ji.yu.u. 隨興、自由
大雑把	o.o.za.ppa. 粗枝大葉
無頓着	mu.to.n.cha.ku. 不在乎、不講究
無造作	mu.zo.u.sa. 輕而易舉、隨隨便便
投げ遣り	na.ge.ya.ri. 草率、隨便
不行き届き	fu.yu.ki.to.do.ki. （招待）不周到

ぶ あ い そ う
不愛想
bu.a.i.so.u.
態度冷淡、愛理不理的

例句

なぎさ ぶ あ い そ
渚が無愛想なのは不器用なだけだから、慣れた

らいいさ。

na.gi.sa.ga.bu.a.i.so.u.na.no.wa.bu.ki.yo.u.na.
da.ke.da.ka.ra./ na.re.ta.ra.i.i.sa.

渚的態度會這麼冷淡只是因為她不擅應對，習慣了就
好。

類詞

ぶっきら棒	bu.kki.ra.bo.u. 粗魯的、態度生硬的
素っ気ない	so.kke.na.i. 無情、冷淡的
人懐こい	hi.to.na.tsu.ko.i. 不怕生、易於和人親近的
人見知り	hi.to.mi.shi.ri. 怕生
高飛車	ta.ka.bi.sha. 盛氣凌人的態度
意地悪い	i.ji.wa.ru.i. 壞心眼、愛捉弄人的

むくち
無口
mu.ku.chi.
沉默寡言

例句

わたし だんな むくち がんこ ひと なに かんが
私 の旦那は無口で頑固な人だから、何を考えて
わ
いるか分からないの。

wa.ta.shi.no.da.n.na.wa.mu.ku.chi.de.ga.n.ko.
na.hi.to.da.ka.ra./ na.ni.o.ka.n.ga.e.te.i.ru.ka.wa.
ka.ra.na.i.no.

我的老公是個沉默寡言又頑固的人,真不知道他在想
什麼。

類詞

はな じょうず 話し上手	ha.na.shi.jo.u.zu. 能言善道
だんまり	da.n.ma.ri. 沉默寡言
き じょうず 聞き上手	ki.ki.jo.u.zu. 善於聆聽
かるくち 軽口	ka.ru.ku.chi. 大嘴巴
くちがた 口堅い	ku.chi.ga.ta.i. 口風很緊的
せけんばなし 世間話	se.ke.n.ba.na.shi. 閒話家常

ようじんぶか
用心深い
yo.u.ji.n.bu.ka.i.
十分小心、謹慎的

例句

ようじんぶか
用心深いのはいいことだ。うっかり屋さんより

はマシだろう。

yo.u.ji.n.bu.ka.i.no.wa.i.i.ko.to.da./ u.kka.ri.ya.
sa.n.yo.ri.wa.ma.shi.da.ro.u.

謹慎是好事，至少跟漫不經心的人比起來好很多。

類詞

ようじんぼう 用心棒	yo.u.ji.n.bo.u. 保鑣
どろぼう 泥棒	do.ro.bo.u. 小偷
うたが 疑い	u.ta.ga.i. 懷疑、嫌疑
にんげんふしん 人間不信	ni.n.ge.n.fu.shi.n. 不信任他人
ねんい 念入り	ne.n.i.ri. 周密、細緻
ていねい 丁寧	te.i.ne.i. 小心謹慎、恭敬有禮

きょうびんぼう
器用貧乏
ki.yo.u.bi.n.bo.u.
樣樣都行卻因不專精而一事無成

例句

器用貧乏だって、頑張ればそれなりの成果が出るに違いありません。

ki.yo.u.bi.n.bo.u.da.tte./ ga.n.ba.re.ba.so.re.na.ri.no.se.i.ka.ga.de.ru.ni.chi.ga.i.a.ri.ma.se.n.

樣樣都行但卻樣樣不專精的人只要努力的話一定多少會有些成果。

類詞

多芸は無芸	ta.ge.i.wa.mu.ge.i. 學百藝而無一精
無我夢中	mu.ga.mu.chu.u. 太過熱衷以至於忘我
器用	ki.yo.u. 精明、靈巧
職人	sho.ku.ni.n. 工匠、專家
木彫り	ki.bo.ri. 木雕
身の程知らず	mi.no.ho.do.shi.ra.zu. 自不量力

Track
019

優しい
やさ
ya.sa.shi.i.
温柔、體貼的

1-2
性
格

例句

私の彼は優しくて、料理も裁縫も上手で、女子力が高いの。

wa.ta.shi.no.ka.re.wa.ya.sa.shi.ku.te./ ryo.u.ri.mo.sa.i.ho.u.mo.jo.u.zu.de./ jo.shi.ryo.ku.ga.ta.ka.i.no.

我的男友他很溫柔體貼會做料理也會縫紉，賢慧技能滿點。

類詞

淑やかな	shi.to.ya.ka.na. 文靜賢淑的
優雅な	yu.u.ga.na. 優雅的
静かな	shi.zu.ka.na. 安靜的
穏やかな	o.da.ya.ka.na. 沉穩的
易しい	ya.sa.shi.i. 容易的
優柔不断	yu.u.ju.u.fu.da.n. 優柔寡斷

大人しい
おとな
o.to.na.shi.i.
老實、温順的

例句

ちょっと飲み物を買ってくるから、大人しくこ
こで待っててね。

cho.tto.no.mi.mo.no.o.ka.tte.ku.ru.ka.ra./ o.to.
na.shi.ku.ko.ko.de.ma.te.te.ne.

我去買點飲料，你要乖乖待在這裡等喔。

類詞

大人 おとな	o.to.na. 成年人、老成
子供 こども	ko.do.mo. 小孩
大人気ない おとなげ	o.to.na.ge.na.i. 幼稚、不成熟的
成人式 せいじんしき	se.i.ji.n.shi.ki. 成年禮
一人前 いちにんまえ	i.chi.ni.n.ma.e. 能獨當一面
大人数 おおにんずう	o.o.ni.n.zu.u. 人數眾多

図太い
ずぶと

zu.bu.to.i.

大膽、厚臉皮

例句

神経の図太い人っていいな。人目を気にせず楽に生きていけるから。

shi.n.ke.i.no.zu.bu.to.i.hi.to.tte.i.i.na./ hi.to.me.o.ki.ni.se.zu.ra.ku.ni.i.ki.te.i.ke.ru.ka.ra.

好羨慕神經大條的人喔，能不在意旁人眼光輕輕鬆鬆過人生真好。

類詞

太い ふと	fu.to.i. 肥胖、粗的
細い ほそ	ho.so.i. 纖細、微弱的
薄っぺら うす	u.su.ppe.ra. 單薄、膚淺
図々しい ずうずう	zu.u.zu.u.shi.i. 厚臉皮的
野太い のぶと	no.bu.to.i. （聲音）粗、厚顏無恥的
恥知らず はじし	ha.ji.shi.ra.zu. 恬不知恥

お調子者

ちょうしもの

o.cho.u.shi.mo.no.

輕率、迎和他人的人

例句

私の兄はお調子者で、世間の常識から大きく離れた人なんです。

わたし あに ちょうしもの せけん じょうしき おお はな
ひと

wa.ta.shi.no.a.ni.wa.o.cho.u.shi.mo.no.de./
se.ke.n.no.jo.u.shi.ki.ka.ra.o.o.ki.ku.ha.na.re.
ta.hi.to.na.n.de.su.

我的哥哥是個很輕率而且非常沒有一般常識的人。

類詞

おっちょこちょい	o.ccho.ko.cho.i. **輕浮、冒冒失失**
調子 ちょうし	cho.u.shi. **情況、語氣**
軽い かる	ka.ru.i. **輕佻、輕鬆、重量輕的**
お茶目 ちゃめ	o.cha.me. **淘氣鬼**
短所 たんしょ	ta.n.sho. **缺點、短處**
長所 ちょうしょ	cho.u.sho. **優點、長處**

素直
すなお
su.na.o.
直率的

例句

優しく欠点を指摘すれば、相手も素直に受け入れるはずです。

ya.sa.shi.ku.ke.tte.no.shi.te.ki.su.re.ba./ a.i.te.mo.su.na.o.ni.u.ke.i.re.ru.ha.zu.de.su.

用和順的態度指出對方缺點的話，相信對方也能坦然接受。

類詞

率直 そっちょく	so.ccho.ku. **直爽的**
ツンデレ	tsu.n.de.re. **傲嬌**
強情 ごうじょう	go.u.jo.u. **頑固的**
強引 ごういん	go.u.i.n. **強行、強制的**
意地っ張り いじっぱり	i.ji.ppa.ri. **頑固、倔強**
天の邪鬼 あまのじゃく	a.ma.no.ja.ku. **性情乖僻、愛唱反調的人**

えいが
映画
e.i.ga.
電影

例句

らいしゅう どようび えいが み い
来週の土曜日、映画でも見に行きませんか？
ra.i.shu.u.no.do.yo.u.bi./ e.i.ga.de.mo.mi.ni.i.ki.
ma.se.n.ka.

下星期六，一起去看電影好嗎？

類詞

ホラー映画	ho.ra.a.e.i.ga. 恐怖片
コメディー	ko.me.di.i. 喜劇
ポップコーン	po.ppu.ko.o.n. 爆米花
チケット	chi.ke.tto. 電影票、票券
映画館	e.i.ga.ka.n. 電影院
マナーモード	ma.na.a.mo.o.do. （手機）振動模式

1-3
嗜
好

おんがく
音楽
o.n.n.ga.ku.
音樂

例句

趣味は音楽鑑賞です。宜しくお願いします。

shu.mi.wa.o.n.ga.ku.ka.n.sho.u.de.su./ yo.ro.
shi.ku.o.ne.ga.i.shi.ma.su.

我的興趣是聽音樂，請多指教。

類詞

アーティスト	a.a.ti.su.to. 歌手、藝術家
アルバム	a.ru.ba.mu. 專輯
新曲	shi.n.kyo.ku. 新歌
オーケストラ	o.o.ke.su.to.ra. 交響樂團
バイオリン	ba.i.o.ri.n. 小提琴
エレキギター	e.re.ki.gi.ta.a. 電吉他

料理

りょうり

ryo.u.ri.

烹飪

例句

料理が大好きです。一人暮らしなので、毎日
自炊しています。

ryo.u.ri.ga.da.i.su.ki.de.su./ hi.to.ri.gu.ra.shi.
na.no.de./ ma.i.ni.chi.ji.su.i.shi.te.i.ma.su.

我喜歡烹飪。自己一個人住，每天都自己煮飯。

類詞

包丁	ho.u.cho.u. 菜刀
まな板	ma.na.i.ta. 砧板
中華鍋	chu.u.ka.na.be. 炒菜鍋
フライパン	fu.ra.i.pa.n. 平底鍋
杓文字	sha.mo.ji. 飯杓
食器	sho.kki. 餐具

囲碁
い ご
i.go.
圍棋

例句

囲碁初心者です。どうやって囲碁が強くなって
いくのでしょうか？

i.go.sho.shi.n.sha.de.su./ do.u.ya.tte.i.go.ga.tsu.
yo.ku.na.tte.i.ku.no.de.sho.u.ka.

**我是圍棋新手，請問要怎麼做才能讓圍棋功力變強
呢？**

類詞

麻雀	ma.a.ja.n. 麻將
賭け事	ka.ke.go.to. 賭博
花札	ha.na.fu.da. 花牌遊戲
切り札	ki.ri.fu.da. 王牌
ドミノ	do.mi.no. 骨牌
貧乏くじ	bi.n.bo.u.ku.ji. 下下籤、不走運

ベーキング
be.e.ki.n.gu.
烘焙

例句

趣味はベーキングで、今はケーキ作りにはまっ
ています。

shu.mi.wa.be.e.ki.n.gu.de./ i.ma.wa.ke.e.ki.
zu.ku.ri.ni.ha.ma.tte.i.ma.su.

我的興趣是烘焙，目前熱衷於做蛋糕。

類詞

薄力粉	ha.ku.ri.ki.ko. 低筋麵粉
強力粉	kyo.u.ri.ki.ko. 高筋麵粉
生クリーム	na.ma.ku.ri.i.mu. 鮮奶油
ベーキングパウダー	be.e.ki.n.gu.pa.u.da.a. 發粉
クリームターター	ku.ri.i.mu.ta.a.ta.a. 塔塔粉
天然酵母	te.n.ne.n.ko.u.bo. 天然酵母

えんげい
園芸
e.n.ge.i.
園藝

例句

趣味で園芸を嗜んでおりまして、ここ近年バラに夢中です。

shu.mi.de.e.n.ge.i.o.ta.shi.na.n.de.o.ri.ma.shi.te./ ko.ko.ki.n.ne.n.ba.ra.ni.mu.chu.u.de.su.

出於興趣對園藝有些心得，這幾年熱中於培育玫瑰。

類詞

しょくぶつ 植物	sho.ku.bu.tsu. 植物
ざっそう 雑草	za.sso.u. 雜草
はちうえ 鉢植え	ha.chi.u.e. 盆栽
たね 種	ta.ne. 種子
はなぞの 花園	ha.na.zo.no. 花園
おんしつ 温室	o.n.shi.tsu. 溫室

すいえい
水泳
su.i.e.i.
游泳

例句

ちょうどいい！今年こそ水泳大会で決着をつけようぜ！

cho.u.do.i.i./ ko.to.shi.ko.so.su.i.e.i.ta.i.ka.i.de.
ke.ccha.ku.o.tsu.ke.yo.u.ze.

正合我意！我們今年一定要在游泳比賽中一決勝負！

類詞

クロール	ku.ro.o.ru. 自由式
背泳ぎ	se.o.yo.gi. 仰式
平泳ぎ	hi.ra.o.yo.gi. 蛙式
バタフライ	ba.ta.fu.ra.i. 蝶式
水飛沫	mi.zu.shi.bu.ki. 水花
雫	shi.zu.ku. 水滴

マラソン
ma.ra.so.n.

馬拉松

例句

今年の東京マラソン完走を目指して、頑張っています。

ko.to.shi.no.to.u.kyo.u.ma.ra.so.n.ka.n.so.u.o.me.za.shi.te./ ga.n.ba.tte.i.ma.su.

我以跑完今年東京馬拉松全程為目標，正在努力中。

類詞

陸上部	ri.ku.jo.u.bu. 田徑社
陸上競技	ri.ku.jo.u.kyo.u.gi. 田徑賽
ジョギング	jo.gi.n.gu. 慢跑
ジョギングシューズ	jo.gi.n.gu.shu.u.zu. 慢跑鞋
ランニングマシン	ra.n.ni.n.gu.ma.shi.n. 跑步機
ジャージ	ja.a.ji. 運動服

1-3
嗜
好

カラオケ

ka.ra.o.ke.

卡拉 OK

例句

カラオケの十八番は何？私の得意曲は、失恋ソングばかりなの。

ka.ra.o.ke.no.o.ha.ko.wa.na.ni./ wa.ta.shi.no.to.ku.i.kyo.ku.wa./ shi.tsu.re.n.so.n.gu.ba.ka.ri.na.no.

你的卡拉 OK 拿手歌曲是什麼？我拿手的曲子都是些失戀的歌。

類詞

一人カラオケ	hi.to.ri.ka.ra.o.ke. 一個人唱卡拉 OK
歌唱力	ka.sho.u.ryo.ku. 唱功
マイク	ma.i.ku. 麥克風
盛り上がる曲	mo.ri.a.ga.ru.kyo.ku. 能炒熱氣氛的歌曲
マラカス	ma.ra.ka.su. 手搖沙鈴
タンバリン	ta.n.ba.ri.n. 鈴鼓

ダンス
da.n.su.
舞蹈

例句

ダンスは練習あるのみ。努力が肝心よ。ちゃんと練習してね。

da.n.su.wa.re.n.shu.u.a.ru.no.mi./ do.ryo.ku.ga.ka.n.ji.n.yo./ cha.n.to.re.n.shu.u.shi.te.ne.

舞蹈要靠練習才能進步，努力是才是關鍵，要好好練習喔。

類詞

日本舞踊	ni.ho.n.bu.yo.u. 日本舞
歌舞伎役者	ka.bu.ki.ya.ku.sha. 歌舞伎演員
フォークダンス	fo.o.ku.da.n.su. 民族舞蹈
社交ダンス	sha.ko.u.da.n.su. 社交舞
ラテンダンス	ra.te.n.da.n.su. 拉丁舞
ストリートダンス	su.to.ri.i.to.da.n.su. 街舞

芝居

しばい

shi.ba.i.

戲劇

例句

ちょっと芝居の練習に付き合ってもらっていい
しばい　れんしゅう　　つ　あ
ですか？

cho.tto.shi.ba.i.no.re.n.shu.u.ni.tsu.ki.a.tte.
mo.ra.tte.i.i.de.su.ka.

請問可以陪我練一下戲嗎？

類詞

主役 しゅやく	shu.ya.ku. **主角**
ヒロイン	hi.ro.i.n. **女主角**
俳優 はいゆう	ha.i.yu.u. **演員**
脇役 わきやく	wa.ki.ya.ku. **配角**
売れっ子 う　　こ	u.re.kko. **當紅炸子雞**
声優 せいゆう	se.i.yu.u. **配音員**

近眼
きんがん

ki.n.ga.n.

近視

例句

<ruby>近眼<rt>きんがん</rt></ruby>なんだけど、メガネが<ruby>邪魔<rt>じゃま</rt></ruby>で<ruby>嫌<rt>いや</rt></ruby>だから、コンタクトにしている。

ki.n.ga.n.na.n.da.ke.do./ me.ga.ne.ga.ja.ma.de.i.ya.da.ka.ra./ ko.n.ta.ku.to.ni.shi.te.i.ru.

我有近視，但戴眼鏡很礙事所以不喜歡，都戴隱形眼鏡。

類詞

伊達メガネ だて	da.te.me.ga.ne. 平光眼鏡
黒縁メガネ くろぶち	ku.ro.bu.chi.me.ga.ne. 黑框眼鏡
色眼鏡 いろめがね	i.ro.me.ga.ne. 墨鏡等有色眼鏡、成見
老眼 ろうがん	ro.u.ga.n. 老花眼
虫眼鏡 むしめがね	mu.shi.me.ga.ne. 放大鏡
乱視 らんし	ra.n.shi. 散光

華奢
きゃしゃ
kya.sha.
苗條、纖細

例句

もしも願いがひとつ叶うなら、華奢でモデルの
ような体型になりたいな。

mo.shi.mo.ne.ga.i.ga.hi.to.tsu.ka.na.u.na.ra./
kya.sha.de.mo.de.ru.no.yo.u.na.ta.i.ke.i.ni.na.ri.
ta.i.na.

如果能實現一個願望的話，我希望能擁有模特兒般的
苗條身材。

類詞

貧弱 ひんじゃく	hi.n.ja.ku. 寒酸、瘦弱
病弱 びょうじゃく	byo.u.ja.ku. 體弱多病
病欠 びょうけつ	byo.u.ke.tsu. 因病缺席
繊細 せんさい	se.n.sa.i. 敏感細膩
派手 はで	ha.de. 華麗
小綺麗 こぎれい	ko.gi.re.i. 相當整潔

こがら
小柄
ko.ga.ra.
身材嬌小

例句

しょうじき　　い　　　　　じぶん　　　　こがら　　だんせい
正直に言うと、自分より小柄な男性は
れんあいたいしょう　　　　　　かんが
恋愛対象として考えられない。

sho.u.ji.ki.ni.i.u.to./ ji.bu.n.yo.ri.ko.ga.ra.na.da.
n.se.i.wa.re.na.i.ta.i.sho.u.to.shi.te.ka.n.ga.e.ra.
re.na.i.

老實説，比我自己還嬌小的男生不會被列入戀愛對象。

類詞

おおがら 大柄	o.o.ga.ra. 大個子
チビ	chi.bi. 矮冬瓜、小鬼頭
ぽっちゃり	po.ccha.ri. 體態豐腴
いえがら 家柄	i.e.ga.ra. 門第、家世
めいがら 銘柄	me.i.ga.ra. 品牌、商標
ひとがら 人柄	hi.to.ga.ra. 人品

地味
じ み
ji.mi.
個性或打扮樸素低調

例句

私は超地味で、人見知りなんだから、アイドル
なんて絶対無理だよ！

wa.ta.shi.wa.cho.u.ji.mi.de./ hi.to.mi.shi.ri.na.
n.da.ka.ra./ a.i.do.ru.na.n.te.ze.tta.i.mu.ri.da.yo.

我超級樸素又很怕生，所以根本不可能當得了什麼偶
像啊！

類詞

ダサい	da.sa.i. 土裡土氣的
野暮	ya.bo. 土氣、不諳人情世故
無地	mu.ji. 素色沒有任何花紋
目立つ	me.da.tsu. 顯眼、引人注目
地毛	chi.ge. 天生的頭髮
ヅラ	zu.ra. 假髮

しんちょう
身長
shi.n.cho.u.
身高

例句

<ruby>牛乳<rt>ぎゅうにゅう</rt></ruby>を<ruby>飲<rt>の</rt></ruby>むと<ruby>身長<rt>しんちょう</rt></ruby>が<ruby>伸<rt>の</rt></ruby>びるって<ruby>聞<rt>き</rt></ruby>いたけど、<ruby>本当<rt>ほんとう</rt></ruby>に<ruby>効果<rt>こうか</rt></ruby>あるのかな？

gyu.u.nyu.u.o.no.mu.to.shi.n.cho.u.ga.no.bi.ru.tte.ki.i.ta.ke.do./ ho.n.to.u.ni.ko.u.ka.a.ru.no.ka.na.

聽説喝牛奶會長高，到底是真的有效還是沒效啊？

類詞

<ruby>寸法<rt>すんぽう</rt></ruby>	su.n.po.u. 尺寸、尺碼
<ruby>判<rt>はん</rt></ruby>	ha.n. 紙張規格、印章
<ruby>肩幅<rt>かたはば</rt></ruby>	ka.ta.ha.ba. 肩寬
<ruby>背中<rt>せなか</rt></ruby>	se.na.ka. 背脊、背後
<ruby>後ろ姿<rt>うし すがた</rt></ruby>	u.shi.ro.su.ga.ta. 背影
<ruby>身長差<rt>しんちょうさ</rt></ruby>	shi.n.cho.u.sa. 身高差

にきび
ni.ki.bi.
青春痘、粉刺

例句

にきびが出来やすい人は辛い食べ物の摂取を控えた方がいいです。

ni.ki.bi.ga.de.ki.ya.su.i.hi.to.wa.ka.ra.i.ta.be.mo.no.no.se.sshu.o.hi.ka.e.ta.ho.u.ga.i.i.de.su.

容易長青春痘的人最好要控制飲食少吃會辣的食物。

類詞

思春期	shi.shu.n.ki. 青春期
肌荒れ	ha.da.a.re. 皮膚粗糙
すべすべ	su.be.su.be. 光滑
皺	shi.wa. 皺紋
黒子	ho.ku.ro. 黑痣
艶黒子	tsu.ya.bo.ku.ro. 美人痣

一重まぶた
ひとえ
hi.to.e.ma.bu.ta.
單眼皮

例句

家族は皆二重まぶたなのに、私だけが一重まぶ
たなのはなぜだろう。

ka.zo.ku.wa.mi.na.fu.ta.e.ma.bu.ta.na.no.ni./
wa.ta.shi.da.ke.ga.hi.to.e.ma.bu.ta.na.no.wa.na.
ze.da.ro.u.

**我的家人都是雙眼皮，不知為何只有我一個人是單眼
皮。**

類詞

瞼 まぶた	ma.bu.ta. 眼瞼
奥二重 おくふたえ	o.ku.fu.ta.e. 內雙
垂れ目 たれめ	ta.re.me. 下垂眼
瞳 ひとみ	hi.to.mi. 瞳孔
まつげ	ma.tsu.ge. 睫毛
睨む にらむ	ni.ra.mu. 瞪人

えくぼ

e.ku.bo.

酒窩

例句

笑顔が可愛くて、えくぼのある女の子ってきっとモテるでしょうね。

e.ga.o.ga.ka.wa.i.ku.te./ e.ku.bo.no.a.ru.o.n.na. no.ko.tte.ki.tto.mo.te.ru.de.sho.u.ne.

笑容可掬又有酒窩的女孩子一定很受歡迎吧。

類詞

癒し	i.ya.shi. 治癒
あばたもえくぼ	a.ba.ta.mo.e.ku.bo. 情人眼裡出西施
贔屓	hi.i.ki. 關照、眷顧、偏袒
常連客	jo.u.re.n.kya.ku. 常客、老主顧
雀斑	so.ba.ka.su. 雀斑
刺青	i.re.zu.mi. 刺青、紋身

ひだりき
左利き
hi.da.ri.ki.ki.

左撇子、愛喝酒的人

例句

よく左利きの人は頭がいいと聞きますけど、それは本当ですか？

yo.ku.hi.da.ri.ki.ki.no.hi.to.wa.a.ta.ma.ga.i.i.to.ki.ki.ma.su.ke.do./ so.re.wa.ho.n.to.u.de.su.ka.

常聽到人家説左撇子很聰明，這是真的嗎？

類詞

あまとう 甘党	a.ma.to.u. 嗜吃甜食的人
からとう 辛党	ka.ra.to.u. 好飲酒者
の　　べ え 飲ん兵衛	no.n.be.e. 酒鬼
みぎき 右利き	mi.gi.ki.ki. 右撇子
りょうき 両利き	ryo.u.ki.ki. 左右手都慣用的人
しぐさ 仕草	shi.gu.sa. 行為舉止、態度

カリスマ

ka.ri.su.ma.

具有非凡魅力的領袖級人物

例句

女手一つで子育てしていながらもカリスマ
弁護士として活躍している。

o.n.na.de.hi.to.tsu.de.ko.so.da.te.shi.te.i.na.
ga.ra.mo.ka.ri.su.ma.be.n.go.shi.to.shi.te.ka.tsu.
ya.ku.shi.te.i.ru.

她獨自扛起養育小孩的責任，同時她也是一位在業界
有亮麗表現的王牌大律師。

類詞

オーラ	o.o.ra. 氣場
貫禄	ka.n.ro.ku. 威嚴
威信	i.shi.n. 威望
売名	ba.i.me.i. 沽名釣譽
真面目	ma.ji.me. 認真、老實、一本正經
律儀	ri.chi.gi. 忠實、守規矩

見た目
mi.ta.me.
外表、外觀

例句

見た目より中身なんて所詮綺麗事じゃん。ああいうの信用しちゃ駄目だよ。

mi.ta.me.yo.ri.na.ka.mi.na.n.te.sho.se.n.ki.re.i.go.to.ja.n./ a.a.i.u.no.shi.n.yo.u.shi.cha.da.me.da.yo.

説什麼「只看內涵不看外表」根本是好聽話。那種話可不能信喔。

類詞

顔立ち	ka.o.da.chi. 容貌
面食い	me.n.ku.i. 外貌協會的人
顰めっ面	shi.ka.me.ttsu.ra. 愁眉苦臉
仏頂面	bu.ccho.u.zu.ra. 板著臉、臭臉
涼しい顔	su.zu.shi.i.ka.o. 一副事不關己的表情
何食わぬ顔	na.ni.ku.wa.nu.ka.o. 佯裝不知、若無其事的表情

ようしたんれい
容姿端麗
yo.u.shi.ta.n.re.i.
秀麗端莊

例句

かのじょ ようしたんれい さいしょくけんび じょうさま おれ
彼女は容姿端麗で才色兼備なお嬢様だから、俺
もったいな
には勿体無いぐらいなんだ。

ka.no.jo.wa.yo.u.shi.ta.n.re.i.de.sa.i.sho.ku.ke.
n.bi.na.o.jo.u.sa.ma.da.ka.ra./o.re.ni.wa.mo.tta.
i.na.i.gu.ra.i.na.n.da.

她是個秀麗端莊而且才貌雙全的千金大小姐，我實在
配不上她。

類詞

せいそ 清楚	se.i.so. 清秀、秀麗的
かれん 可憐	ka.re.n. 惹人憐愛的
じゅんじょう 純情	ju.n.jo.u. 純真的
びじん 美人	bi.ji.n. 美人
びけい 美形	bi.ke.i. 美貌、美男子
にまいめ 二枚目	ni.ma.i.me. 英俊小生、美男子

色白
いろじろ
i.ro.ji.ro.
皮膚白

例句

あの背が高くて色白でミニスカートをはいてる女の子は誰だか知ってる？

a.no.se.ga.ta.ka.ku.te.i.ro.ji.ro.de.mi.ni.su.ka.a.to.o.ha.i.te.ru.o.n.na.no.ko.wa.da.re.da.ka.shi.tte.ru.

你知道那個又高皮膚又白還穿迷你裙的女孩子是誰嗎？

類詞

小麦色の肌 こむぎいろ はだ	ko.mu.gi.i.ro.no.ha.da. **小麥色肌膚**
日焼け ひや	hi.ya.ke. **曬黑**
日焼け跡 ひや あと	hi.ya.ke.a.to. **曬痕**
日焼け止め ひや ど	hi.ya.ke.do.me. **防曬油**
日向ぼっこ ひなた	hi.na.ta.bo.kko. **曬太陽**
干す ほ	ho.su. **曬乾**

やきもち

ya.ki.mo.chi.

吃醋、烤麻糬

例句

私はちょっとしたことでもすぐにやきもちを焼いてしまいます。

wa.ta.shi.wa.cho.tto.shi.ta.ko.to.de.mo.su.gu.ni.ya.ki.mo.chi.o.ya.i.te.shi.ma.i.ma.su.

就算只是一點小事我也會很容易就吃醋。

類詞

妬み	ne.ta.mi. 忌妒
嫉妬深い	shi.tto.bu.ka.i. 忌妒心很強的
許さない	yu.ru.sa.na.i. 不可饒恕的
見逃す	mi.no.ga.su. 饒恕、放過、看漏
チャラ男	cha.ra.o. 輕浮男
人気者	ni.n.ki.mo.no. 很受歡迎的人

1-5
気持ち

悩み
なや
na.ya.mi.
煩惱

例句

しごと　　なや　　　き
仕事の悩みを聞いてもらえて、随分すっきりし

ずいぶん
た。

shi.go.to.no.na.ya.mi.o.ki.i.te.mo.ra.e.te./
zu.i.bu.n.su.kki.ri.shi.ta

有人願意傾聽我的工作煩惱，心情真是暢快多了。

類詞

なや　たね 悩みの種	na.ya.mi.no.ta.ne. 煩惱的根源
ゆううつ 憂鬱	yu.u.u.tsu. 憂鬱
なや　そうだん 悩み相談	na.ya.mi.so.u.da.n. 商量煩惱
れんあいそうだん 恋愛相談	re.n.a.i.so.u.da.n. 諮詢戀愛問題
かな 悲しみ	ka.na.shi.mi. 悲傷
くつう 苦痛	ku.tsu.u. 痛苦

しんぱい
心配
shi.n.pa.i.
擔心

例句

あまりお母さんに余計な心配かけないでください。

a.ma.ri.o.ka.a.sa.n.ni.yo.ke.i.na.shi.n.pa.i.ka.ke.na.i.de.ku.da.sa.i.

不要讓媽媽為多餘的事情操心。

類詞

しんぱいしょう 心配性	shi.n.pa.i.sho.u. 愛操心
こころづか 心遣い	ko.ko.ro.zu.ka.i. 關心、操心
きくば 気配り	ki.ku.ba.ri. 照顧、照料
せわ 世話	se.wa. 照料、幫忙
くろうにん 苦労人	ku.ro.u.ni.n. 歷經風霜、閱歷多的人
きぐろう 気苦労	ki.gu.ro.u. 操心、勞神

喜び
よろこ
yo.ro.ko.bi.
喜悦

例句

貴社ますますご清栄のこととお喜び申し上げます。
ki.sha.ma.su.ma.su.go.se.e.e.i.no.ko.to.o.yo.ro.ko.bi.mo.u.shi.a.ge.ma.su.

敬祝貴公司業績蒸蒸日上。

類詞

分かち合う	wa.ka.chi.a.u. 互相分享
本望	ho.n.mo.u. 夙願
願望	ga.n.bo.u. 心願
慢心	ma.n.shi.n. 傲慢
ワクワク	wa.ku.wa.ku. 歡喜雀躍
ドキドキ	do.ki.do.ki. 七上八下

えがお
笑顔
e.ga.o.
笑容

例句

何があっても、あいつの笑顔を守りたいと心に決めたんです。

na.ni.ga.a.tte.mo./ a.i.tsu.no.e.ga.o.o.ma.mo.ri.ta.i.to.ko.ko.ro.ni.ki.me.ta.n.de.su.

不管發生什麼事情，我都要堅決守護那傢伙的笑容。

類詞

寝顔 ねがお	ne.ga.o. 睡臉
泣き顔 な がお	na.ki.ga.o. 哭臉
表情 ひょうじょう	hyo.u.jo.u. 表情
微笑み ほほえ	ho.ho.e.mi. 微笑
にこにこ	ni.ko.ni.ko. 笑咪咪
作り笑顔 つく えがお	tsu.ku.ri.e.ga.o. 假笑

はつこい
初恋
ha.tsu.ko.i.
初戀

例句

あまず　　　　はつこい　おも　で　　けっ　　わす
甘酸っぱい初恋の思い出は決して忘れることは

ないだろう。

a.ma.zu.ppa.i.ha.tsu.ko.i.no.o.mo.i.de.wa.ke.
sshi.te.wa.su.re.ru.ko.to.wa.na.i.da.ro.u.

酸甜苦辣的初戀回憶大概想也忘不了吧。

**1-5
気持ち**

類詞

で あ 出会い	de.ma.i. 邂逅
むなさわ 胸騒ぎ	mu.na.sa.wa.gi. 忐忑不安
こくはく 告白	ko.ku.ha.ku. 告白
つ　あ 付き合い	tsu.ki.a.i. 交往、交情
カップル	ka.ppu.ru. 情侶
こい 鯉	ko.i. 鯉魚

怒り
i.ka.ri.
憤怒

例句

この怒りは一体何処にぶつければいいんでしょうか？

ko.no.i.ka.ri.wa.i.tta.i.do.ko.ni.bu.tsu.ke.re.ba.i.i.n.de.sho.u.ka.

這股憤怒到底該從何宣洩呢？

類詞

腹立ち	ha.ra.da.chi. 生氣
機嫌	ki.ge.n. 情緒
逆切れ	gya.ku.gi.re. 惱羞成怒
八つ当たり	ya.tsu.a.ta.ri. 遷怒
怒り上戸	i.ka.ri.jo.u.go. 酒醉後容易發脾氣的人
イカ	i.ka. 烏賊

希望

きぼう

ki.bo.u.

希望

例句

希望さえ持っていれば、何だってできるって先生が言ってたよね。

ki.bo.u.sa.e.mo.tte.i.re.ba./ na.n.da.tte.de.ki.ru.tte.se.n.se.i.ga.i.tte.ta.yo.ne.

老師曾經説過「只要心懷希望，就能心想事成」對吧。

類詞

望み (のぞ)	no.zo.mi. （對自己）期望
期待 (きたい)	ki.ta.i. （對別人）指望
見込み (みこ)	mi.ko.mi 預估、可能性
予想 (よそう)	yo.so.u. 預料
祈り (いの)	i.no.ri. 祈禱
野望 (やぼう)	ya.bo.u. 野心

余裕
よゆう
yo.yu.u.
游刃有餘

例句

今度の試合、余裕で勝って見せるから、覚悟しておけよ！

ko.n.do.no.shi.a.i./ yo.yu.u.de.ka.tte.mi.se.ru.ka.ra./ ka.ku.go.shi.te.o.ke.yo.

下次比賽我會輕輕鬆鬆就獲勝，你做好覺悟吧！

類詞

簡単 かんたん	ka.n.ta.n. 簡單
朝飯前 あさめしまえ	a.sa.me.shi.ma.e. 小菜一疊
お安い御用 やす ごよう	o.ya.su.i.go.yo.u. 小事一樁
楽勝 らくしょう	ra.ku.sho.u. 輕鬆取勝
甘っちょろい あま	a.ma.ccho.ro.i. 想得太天真
甘やかす あま	a.ma.ya.ka.su. 溺愛、姑息

ふつかよ
二日酔い
fu.tsu.ka.yo.i.
宿醉

例句

二日酔いで気分が悪くて、吐き気がどうしても
止まらないのです。

fu.tsu.ka.yo.i.de.ki.bu.n.ga.wa.ru.ku.te./ ha.ki.
ke.ga.do.u.shi.te.mo.to.ma.ra.na.i.no.de.su.

因為宿醉覺得很不舒服，一直想吐。

1-5
気持ち

類詞

泣き上戸	na.ki.jo.u.go. 酒醉後容易亂哭的人
笑い上戸	wa.ra.i.jo.u.go. 酒醉後容易亂笑的人
飲み会	no.mi.ka.i. 飲酒聚會
二次会	ni.ji.ka.i. 續攤
女子会	jo.shi.ka.i. 只有女性參加的聚會
自棄酒	ya.ke.za.ke. 喝悶酒

辛い
つら
tsu.ra.i.
難過的

例句

辛い時は俺を呼べよ、すぐに駆けつけるから。
tsu.ra.i.to.ki.wa.o.re.o.yo.be.yo./ su.gu.ni.ka.
ke.tsu.ke.ru.ka.ra.

難過的時候就呼喚我吧，我會立刻趕到你身邊。

類詞

ピンチ	pi.n.chi. 危機、困境
ストレス解消	su.to.re.su.ka.i.sho.u. 紓解壓力
辛気臭い	shi.n.ki.ku.sa.i. 焦躁、鬱悶
青臭い	a.o.ku.sa.i. 青澀、幼稚
子供っぽい	ko.do.mo.ppo.i. 小孩子氣
大人気ない	o.to.na.ge.na.i. 不成熟

しょっぱい
sho.ppa.i.
鹹的

例句

甘いものより、しょっぱいものが好きです。
a.ma.i.mo.no.yo.ri./ sho.ppa.i.mo.no.ga.su.ki.
de.su.

比起甜食，我更喜歡鹹味的食物。

類詞

しょっぱい記憶	sho.ppa.i.ki.o.ku. 苦澀的回憶
黒歴史	ku.ro.re.ki.shi. 令人羞恥的過去
塩対応	shi.o.ta.i.o.u. 冷淡的應對
塩入れ	shi.o.i.re. 鹽罐
潮	shi.o. 海潮
栞	shi.o.ri. 書籤

甘い
あ ま
a.ma.i.
甜的

例句

外はサクサクで、中はふわふわの甘いマフィン
が食べたいな。

so.to.wa.sa.ku.sa.ku.de./ na.ka.wa.fu.wa.fu.
wa.no.a.ma.i.ma.fi.n.ga.ta.be.ta.i.na.

好想吃外皮酥脆內裡鬆軟又甜甜的瑪芬啊。

類詞

シュガー	shu.ga.a. **糖**
お菓子	o.ka.shi. **點心、甜品**
キャラメル	kya.ra.me.ru. **焦糖**
ラズベリームース	ra.su.be.ri.i.mu.u.su. **覆盆子慕斯**
手作り焼プリン	te.zu.ku.ri.ya.ki.pu.ri.n. **純手工烤布蕾**
お砂糖たっぷり	o.sa.to.u.ta.ppu.ri. **加了很多砂糖**

にが
苦い
ni.ga.i.
苦的

例句

そんな苦い顔をして、どうかしました？何かあったんでしょう？

so.n.na.ni.ga.i.ka.o.o.shi.te./ do.u.ka.shi.ma.shi.ta./ na.ni.ka.a.tta.n.de.sho.u.

看你一副愁眉苦臉的樣子，怎麼了？發生什麼事了嗎？

類詞

渋い	shi.bu.i. 苦澀的、抑鬱的
濃い	ko.i. 顏色深、顏色濃的
大人	o.to.na. 成年人、老成
大人買い	o.to.na.ga.i. 展現大人財力一次買齊系列商品
ゴーヤー	go.o.ya.a. 苦瓜
似顔絵	ni.ga.o.e. 速寫人像畫

辛い
ka.ra.i.
辣的

例句

汗を流しながら、辛い料理を食べるのって最高
だね！

a.se.o.na.ga.shi.na.ga.ra./ ka.ra.i.ryo.u.ri.o.ta.
be.ru.no.tte.sa.i.ko.u.da.ne.

一邊吃辣味食物一邊流汗超棒的吧！

類詞

激辛	ge.ki.ka.ra. 激辣口味
辛口	ka.ra.ku.chi. 辛辣口味
中辛	chu.u.ka.ra. 正常口味
甘口	a.ma.ku.chi. 偏甜口味
唐辛子	to.u.ga.ra.shi. 辣椒
柚子胡椒	yu.zu.ko.sho.u. 柚子胡椒粉

1-5
気持ち

れっとうかん
劣等感
re.tto.u.ka.n.
自卑感

例句

その件以来、彼は弟に対して劣等感を抱くようになりました。

so.no.ke.ni.ra.i./ ka.re.wa.o.to.u.to.ni.ta.i.shi.te.re.tto.u.ka.no.i.da.ku.yo.u.ni.na.ri.ma.shi.ta.

自從那件事之後，他變得對弟弟感到自卑。

類詞

コンプレックス	ko.n.pu.re.kku.su. **自卑感、情結**
引け目	hi.ke.me. **短處**
気後れ	ki.o.ku.re. **膽怯、退縮**
自己嫌悪	ji.ko.ke.n.o. **自我厭惡**
自己中心	ji.ko.chu.u.shi.n. **自我中心**
自惚れ	u.nu.bo.re. **自戀、自大**

卑怯
ひきょう

hi.kyo.u.

懦弱膽小、卑鄙無恥

例句

三対一なんて卑怯だぞ！こうなった以上、もう本気でやるしかない。
さんたいいち　　ひきょう　　　　　　　　　　　　いじょう　　　　ほんき

sa.n.ta.i.i.chi.na.n.te.hi.kyo.u.da.zo./ ko.u.na.tta.i.jo.u./ mo.u.ho.n.ki.de.ya.ru.shi.ka.na.i.

三對一很卑鄙耶！事到如今，也只能全力以赴了。

類詞

卑怯者 ひきょうもの	hi.kyo.u.mo.no. 卑鄙無恥的人
暴力 ぼうりょく	bo.u.ryo.ku. 暴力
腹汚い はらきたない	ha.ra.ki.ta.na.i. 心術不正的
薄汚い うすぎたな	u.su.gi.ta.na.i. 髒兮兮的
ぼさぼさ	bo.sa.bo.sa. 頭髮亂蓬蓬的
見苦しい みぐる	mi.gu.ru.shi.i. 難看、不體面的

かんびょう
看病
ka.n.byo.u.
照顧病人

例句

あの一人暮らしのお友達が体調を崩したの？
看病しに行ってあげたら？

a.no.hi.to.ri.gu.ra.shi.no.o.to.mo.da.chi.ga.ta.
i.cho.u.o.ku.zu.shi.ta.no./ ka.n.byo.u.shi.ni.i.tte.
a.ge.ta.ra.

你那個自己一個人住的朋友生病了？去看看他需不需
要人照顧吧？

類詞

寝込む	ne.ko.mu. 熟睡、臥病不起
熱	ne.tsu. 發燒、熱情
氷枕	ko.o.ri.ma.ku.ra. 冰枕
世話焼き	se.wa.ya.ki. 熱心、好管閒事的人
介抱	ka.i.ho.u. 照顧病人、傷者或醉倒的人
厄介	ya.kka.i. 麻煩、燙手山芋

1-6
健
康

体
ka.ra.da.

身體

例句

僕は小さい頃から体が弱くて、病気ばかりして
います。

bo.ku.wa.chi.i.sa.i.ko.ro.ka.ra.ka.ra.da.ga.yo.
wa.ku.te./ byo.u.ki.ba.ka.ri.shi.te.i.ma.su.

我從小就身體虛弱，一直在生病。

類詞

親知らず	o.ya.shi.ra.zu. **智齒**
手のひら	te.no.hi.ra. **手掌心**
手の甲	te.no.ko.u. **手背**
太もも	fu.to.mo.mo. **大腿**
足の裏	a.shi.no.u.ra. **腳掌心**
尻尾	shi.ppo. **尾巴**

指
ゆび
yu.bi.
手指

例句

どうして結婚指輪を薬指にはめるのですか？
do.u.shi.te.ke.kko.n.yu.bi.wa.o.ku.su.ri.yu.bi.
ni.ha.me.ru.no.de.su.ka.
為什麼結婚戒指要戴在無名指上呢？

類詞

親指	o.ya.yu.bi. 大拇指
人差し指	hi.to.sa.shi.yu.bi. 食指
中指	na.ka.yu.bi. 中指
薬指	ku.su.ri.yu.bi. 無名指
小指	ko.yu.bi. 小拇指
指先	yu.bi.sa.ki. 指尖

喉
のど
no.do.
喉嚨、嗓子

例句

今日は大事な日なのに、何故喉がカラカラで声
も出ないんだろう。

kyo.u.wa.da.i.ji.na.hi.na.no.ni./ na.ze.no.do.
ga.ka.ra.ka.ra.de.ko.e.mo.de.na.i.n.da.ro.u.

今天明明是很重要的日子，但不知道為何喉嚨又乾又
發不出聲音。

類詞

美声 びせい	bi.se.i. 美妙的聲音
裏声 うらごえ	u.ra.go.e. 假音
絶叫 ぜっきょう	ze.kkyo.u. 尖叫
地声 じごえ	ji.go.e. 天生的嗓音
鼻声 はなごえ	ha.na.go.e. 鼻音
喉仏 のどぼとけ	no.do.bo.to.ke. 喉結

1-6
健
康

ぎっくり腰
ごし
gi.kku.ri.go.shi.
閃到腰

例句

ぎっくり腰になってしまったんだ。少し動くだ
けでも腰に激痛が走る。
gi.kku.ri.go.shi.ni.na.tte.shi.ma.tta.n.da./ su.ko.
shi.u.go.ku.da.ke.de.mo.ko.shi.ni.ge.ki.tsu.u.ga.
ha.shi.ru.
我閃到腰了，只要稍微動一下腰部就會劇烈疼痛。

類詞

火傷 やけど	ya.ke.do. 燙傷
捻挫 ねんざ	ne.n.za. 扭傷
骨折 こっせつ	ko.sse.tsu. 骨折
肉離れ にくばな	ni.ku.ba.na.re. 肌肉拉傷
肩凝り かたこ	ka.ta.ko.ri. 肩膀痠
痣 あざ	a.za. 瘀青、痣

足元
a.shi.mo.to.
脚下、身邊

例句

今の君では、彼の足元にも到底及ばないから、
早く諦めたほうがいい。

i.ma.no.ki.mi.de.wa./ ka.re.no.a.shi.mo.to.ni.mo.
to.u.te.i.o.yo.ba.na.i.ka.ra./ ha.ya.ku.a.ki.ra.me.
ta.ho.u.ga.i.i.

現在的你根本不可能和他相提並論，快死了這條心吧。

類詞

足音	a.shi.o.to. 腳步聲
忍び足	shi.no.bi.a.shi. 躡手躡腳
膝	hi.za. 膝蓋
脹ら脛	fu.ku.ra.ha.gi. 小腿肚
足首	a.shi.ku.bi. 腳踝
踵	ka.ka.to. 後腳跟

ダイエット

da.i.e.tto.

減重

例句

ダイエット中なら、甘いものは暫く控えたほう
がいいです。

da.i.e.tto.chu.u.na.ra./ a.ma.i.mo.no.wa.shi.
ba.ra.ku.hi.ka.e.ta.ho.u.ga.i.i.de.su.

減肥中暫時別吃太多甜食會比較好。

類詞

キログラム	ki.ro.gu.ra.mu. 公斤
体重計	ta.i.ju.u.ke.i. 體重計
低カロリーレシピ	te.i.ka.ro.ri.i.re.shi.pi 低卡路里食譜
脂肪	shi.bo.u. 脂肪
スポーツジム	su.po.o.tsu.ji.mu. 健身房
エアロビクス	e.a.ro.bi.ku.su. 有氧運動

着太り
き ぶ と
ki.bu.to.ri.
顯胖

例句

女の子にとって、冬のお悩みといえば、やはり
着太りですよね。

o.n.na.no.ko.ni.to.tte./ fu.yu.no.o.na.ya.mi.
to.i.e.ba./ ya.ha.ri.ki.bu.to.ri.de.su.yo.ne.

**對女孩子而言，冬天的煩惱就是擔心穿衣服顯胖的問
題吧。**

類詞

着痩せ	ki.ya.se. **顯瘦**
振袖	fu.ri.so.de. **長袖和服、蝴蝶袖**
二の腕	ni.no.u.de. **上臂**
浮き輪	u.ki.wa. **游泳圈**
デブ	de.bu. **胖子**
体つき	ka.ra.da.tsu.ki. **體型、體格**

猫背
ねこぜ
ne.ko.ze.
駝背

例句

小さい頃から猫背なんですが、どうしたら治る
でしょうか？

chi.i.sa.i.ko.ro.ka.ra.ne.ko.ze.na.n.de.su.ga./
do.u.shi.ta.ra.na.o.ru.de.sho.u.ka.

我從小就有駝背的毛病，請問怎麼樣才能治好呢？

類詞

杖 つえ	tsu.e. **拐杖**	
車椅子 くるまいす	ku.ru.ma.i.su. **輪椅**	
盲導犬 もうどうけん	mo.u.do.u.ke.n. **導盲犬**	
吊り革 つ　かわ	tsu.ri.ka.wa. **車上的吊環**	
長生き ながい	na.ga.i.ki. **長壽**	
若返り わかがえ	wa.ka.ga.e.ri. **返老還童**	

きんにく
筋肉
ki.n.ni.ku.
肌肉

例句

筋肉作りのため、毎日スポーツジムに通っています。

ki.n.ni.ku.zu.ku.ri.no.ta.me./ ma.i.ni.chi.su.po.o.tsu.gi.mu.ni.ka.yo.tte.i.ma.su.

為了鍛鍊肌肉，我每天都去健身房報到。

類詞

筋肉トレーニング	ki.n.ni.ku.to.re.e.ni.n.gu. 肌肉鍛鍊
筋トレマシン	ki.n.to.re.ma.shi.n. 重訓設備
ダンベル	da.n.be.ru. 啞鈴
腹筋	fu.kki.n. 腹肌
上腕二頭筋	jo.u.wa.n.ni.to.u.ki.n. 肱二頭肌
筋肉痛	ki.n.ni.ku.tsu.u. 肌肉痠痛

風邪
か ぜ
ka.ze.

感冒

例句

風邪を引いちゃったみたいで、喉が痛くて体が
だるいです。

ka.ze.o.hi.i.cha.tta.mi.ta.i.de./ no.do.ga.i.ta.
ku.te.ka.ra.da.ga.da.ru.i.de.su.

我好像感冒了，頭很痛又很疲倦。

類詞

びょうき 病 気	byo.u.ki. 疾病
か びん 過 敏	ka.bi.n. 過敏
か ぜぐすり 風邪薬	ka.ze.gu.su.ri. 感冒藥
じょうざい 錠 剤	jo.u.za.i. 藥片
こなぐすり 粉 薬	ko.na.gu.su.ri. 藥粉
ちゅうしゃ 注 射	chu.u.sha. 打針

くしゃみ
ku.sha.mi.
噴嚏

例句

くしゃみがどうしても止まらないんだ。多分花粉症のせいだと思う。

ku.sha.mi.ga.do.u.shi.te.mo.to.ma.ra.na.i.n.da./
ta.bu.n.ka.fu.n.sho.u.no.se.i.da.to.o.mo.u.

一直打噴嚏停都停不下來，我猜是因為花粉症引起的吧。

類詞

鼻水	ha.na.mi.zu. 鼻水
洟	ha.na. 鼻涕
唾	tsu.ba. 唾液
咳払い	se.ki.ba.ra.i. 假咳嗽、清嗓
鼾	i.bi.ki. 鼾聲
ティッシュ	ti.sshu. 衛生紙

怪我
け が
ke.ga.
受傷

例句

スポーツ選手に怪我はつきものだそうです。
せんしゅ　け が

大変ですね。
たいへん

su.po.o.tsu.se.n.shu.ni.ke.ga.wa.tsu.ki.mo.
no.da.so.u.de.su./ ta.i.he.n.de.su.ne.

聽說運動選手受傷是家常便飯，真是辛苦啊。

類詞

掠り傷 かす きず	ka.su.ri.ki.zu. 輕微擦傷
傷痕 きずあと	ki.zu.a.to. 傷痕
痛み いた	i.ta.mi. 悲痛
絆創膏 ばんそうこう	ba.n.so.u.ko.u. OK 繃
包帯 ほうたい	ho.u.ta.i. 繃帶
血 ち	chi. 血

きぶんてんかん
気分転換
ki.bu.n.te.n.ka.n.
轉換心情

例句

気分転換のために、髪を短く切ったんだけど、
似合ってるかな?

ki.bu.n.te.n.ka.n.no.ta.me.ni./ ka.mi.o.mi.ji.ka.
ku.ki.tta.n.da.ke.do./ ni.a.tte.ru.ka.na.

為了轉換心情把頭髮剪短了,新髮型應該有適合我
吧?

類詞

息抜き	i.ki.nu.ki. 稍做休息
昼食抜き	chu.u.sho.ku.nu.ki. 沒吃午餐
手抜き	te.nu.ki. 偷工減料
気晴らし	ki.ba.ra.shi. 散心
ストレス	su.to.re.su. 壓力
休憩	kyu.u.ke.i. 休息

びょういん
病院
byo.u.i.n.
醫院

例句

かおいろわる だいじょうぶ びょういん い ほう
顔色悪いけど大丈夫？病院に行った方がいいん

じゃない？

ka.o.i.ro.wa.ru.i.ke.do.da.i.jo.u.bu./ byo.u.i.n.ni.
i.tta.ho.u.ga.i.i.n.ja.na.i.

你看起來臉色很差沒問題吧？要不要去一趟醫院？

類詞

にゅういん 入 院	nyu.u.i.n. 住院
たいいん 退院	ta.i.i.n. 出院
しゅじゅつ 手 術	shu.ju.tsu. 手術
いしゃ 医者	i.sha. 醫生
けがにん 怪我人	ke.ga.ni.n. 受傷的人
かんじゃ 患者	ka.n.ja. 患者

ヨーガ

yo.o.ga.

瑜珈

例句

最近のマイブームはヨーガです。毎週、ヨーガ教室に通っています。

sa.ki.n.no.ma.i.bu.u.mu.wa.yo.o.ga.de.su./
ma.i.shu.u./ yo.o.ga.kyo.u.shi.tsu.ni.ka.yo.tte.
i.ma.su.

我最近迷上瑜珈，每星期都會去瑜珈教室報到。

類詞

ベリーダンス	be.ri.i.da.n.su. 肚皮舞
ラジオ体操	ra.ji.o.ta.i.so.u. 廣播體操
瞑想	me.i.so.u. 閉目沉思
引っ込み思案	hi.kko.mi.ji.a.n. 消極、畏縮不前
修行	shu.gyo.u. 練武、學習技藝
花嫁修業	ha.na.yo.me.shu.gyo.u. 新娘課程

栄養バランス
えいよう

e.i.yo.u.ba.ra.n.su.

營養均衡

例句

好き嫌いの激しい子供に栄養バランスのいい
食事を食べさせるのは一苦労だ。

su.ki.ki.ra.i.no.ha.ge.shi.i.ko.do.mo.ni.e.i.yo.i.ba.
ra.n.su.no.i.i.sho.ku.ji.o.ta.be.sa.se.ru.no.wa.
hi.to.ku.ro.u.da.

要讓嚴重偏食的小孩吃得營養均衡可是很費功夫的。

類詞

献立 こんだて	ko.n.da.te. 菜單
栄養ドリンク えいよう	e.i.yo.u.do.ri.n.ku. 營養補給飲料
栄養補給 えいようほきゅう	e.i.yo.u.ho.kyu.u. 補充營養
野菜不足 やさいぶそく	yu.sa.i.bu.so.ku. 蔬菜攝取不足
野菜畑 やさいばたけ	ya.sa.i.ba.ta.ke. 菜田
花畑 はなばたけ	ha.na.ba.ta.ke. 花田、花圃

まんぽけい
万歩計
ma.n.po.ke.i.
計步器

例句

彼氏へのプレゼントを買おうと思っているんだ
けど、万歩計なんかどう？

ka.re.shi.e.no.pu.re.ze.n.to.o.ka.o.u.to.o.mo.tte.
i.ru.n.da.ke.do./ ma.n.po.ke.i.na.n.ka.do.u.

我在想要買禮物給男友，買計步器之類的好嗎？

類詞

ほはば 歩幅	ho.ha.ba. **步伐**
あしまか 足任せ	a.shi.ma.ka.se. **信步而行**
はやある 早歩き	ha.ya.a.ru.ki. **快走**
いきぎ 息切れ	i.ki.gi.re. **氣喘、上氣不接下氣**
ためいき 溜息	ta.me.i.ki. **嘆氣**
じゅんびうんどう 準備運動	ju.n.bi.u.n.do.u. **暖身運動**

こうしょきょうふしょう
高所恐怖症
ko.u.sho.kyo.u.fu.sho.u.
懼高症

例句

こうしょきょうふしょう
高所恐怖症なんだ。観覧車とかジェットコー
 スターとか絶対無理。

ko.u.sho.u.kyo.u.fu.sho.u.na.n.da./ ka.n.ra.
n.sha.to.ka.je.tto.ko.o.su.ta.a.to.ka.ze.tta.i.mu.ri.

我有懼高症，叫我去坐摩天輪還是雲霄飛車之類的根
本不可能。

類詞

おび 怯える	o.bi.e.ru. 害怕、膽怯
いば 威張る	i.ba.ru. 自吹自擂、驕傲自滿
うそ 嘘つき	u.so.tsu.ki. 騙子
こわ や 怖がり屋	ko.wa.ga.ri.ya. 膽小鬼
な むし 泣き虫	na.ki.mu.shi. 愛哭鬼
ふがい 不甲斐ない	fu.ga.i.na.i. 窩囊的

あさごはん
朝御飯
a.sa.go.ha.n.
早餐

例句

あさごはん　ていばん　　　　　　たまご　　　はん　みそしる
朝御飯の定番といえば、卵かけご飯と味噌汁で

すかね。

a.sa.go.ha.n.no.te.i.ba.n.to.i.e.ba./ ta.ma.go.ka.
ke.go.ha.n.to.mi.so.shi.ru.de.su.ka.ne.

説到經典早餐的話，就是生蛋拌飯跟味增湯吧。

類詞

ひるごはん 昼御飯	hi.ru.go.ha.n. 中餐
ばんごはん 晩御飯	ba.n.go.ha.n. 晚餐
アフタヌーンティー	a.fu.ta.nu.u.n.ti.i. 下午茶
やしょく 夜食	ya.sho.ku. 宵夜
かんしょく 間食	ka.n.sho.ku. 點心、零食
きっさ 喫茶	ki.ssa. 喝茶

1-7
食べ物

和食
わしょく

wa.sho.ku.

日本料理

例句

本日の和食日替わりメニューは焼き魚定食です。
ほんじつ　わしょく ひ が　　　　　　　　　　　や ざかなていしょく

ho.n.ji.tsu.no.wa.sho.ku.hi.ga.wa.ri.me.nyu.
u.wa.ya.ki.za.ka.na.te.i.sho.ku.de.su.

今天的和風每日特餐是烤魚套餐。

類詞

カツ丼	ka.tsu.do.n. 炸豬排蓋飯
肉じゃが にく	ni.ku.ja.ga. 馬鈴薯燉肉
ちらし寿司 ずし	chi.ra.shi.zu.shi. 散壽司
ちゃんこ鍋 なべ	cha.n.ko.na.be. 相撲火鍋
お雑煮 ぞうに	o.zo.u.ni. 年糕湯
刺身 さしみ	sa.shi.mi. 生魚片

ようしょく
洋食
yo.u.sho.ku.
西式料理

例句

ようしょく す
洋食は好きじゃないけど、パスタだけはどうし
た
ても食べたくなるの。

yo.u.sho.ku.wa.su.ki.ja.na.i.ke.do./ pa.su.ta.da.
ke.wa.do.u.shi.te.mo.ta.be.ta.ku.na.ru.no.

我雖然不喜歡西式料理，但就只有義大利麵讓我吃了
還想再吃。

類詞

ペペロンチーノ	pe.pe.ro.n.chi.i.no. 香蒜辣椒義大利麵
パエリア	pa.e.ri.a. 西班牙海鮮燉飯
リゾット	ri.zo.tto. 義大利燉飯
チーズフォンデュ	chi.i.zu.fo.n.ju. 瑞士起士火鍋
マルゲリータ	ma.ru.ge.ri.i.ta. 瑪格麗特披薩
アイスバイン	a.i.su.ba.i.n. 德國豬腳

中華料理
ちゅうかりょうり
chu.u.ka.ryo.u.ri.
中式料理

例句

あの小籠包で有名な中華料理店は常に行列ができています。

しょうろんぽう ゆうめい ちゅうかりょうりてん つね ぎょうれつ

a.no.sho.u.ro.n.po.u.de.yu.u.me.i.na.chu.u.ka.
ryo.u.ri.te.n.wa.tsu.ne.ni.gyo.u.re.tsu.ga.de.ki.te.
i.ma.su.

那個以小籠包聞名的中華料理店總是大排長龍。

類詞

エビチリ	e.bi.chi.ri. 乾燒蝦仁
酢豚 すぶた	su.bu.ta. 糖醋里脊
海老焼売 えびしゅうまい	e.bi.shu.u.ma.i. 鮮蝦燒賣
肉饅頭 にくまんじゅう	ni.ku.ma.n.ju.u. 肉包
蟹玉 かにたま	ka.ni.ta.ma. 天津飯
焼き餃子 やぎょうざ	ya.ki.gyo.u.za. 煎餃

ファーストフード
fa.a.su.to.fu.u.do.
速食

例句

ファーストフードは美味しいとはいえ、毎日食
べ続けると太るよ。

fa.a.su.to.fu.u.do.wa.o.i.shi.i.to.wa.i.e./ ma.i.ni.
chi.ta.be.tsu.zu.ke.ru.to.fu.to.ru.yo.

雖説速食很好吃，但每天持續吃下去會胖喔。

類詞

ハンバーガー	ha.n.ba.a.ga.a. 漢堡
フライドチキン	fu.ra.i.do.chi.ki.n. 炸雞
フライドポテト	fu.ra.i.do.po.te.to. 薯條
フライドオニオン	fu.ra.i.do.o.ni.o.n. 炸洋蔥圈
シーザーサラダ	shi.i.za.a.sa.ra.da. 凱薩沙拉
バニラシェイク	ba.ni.ra.she.i.ku. 香草奶昔

1-7
食べ物

レストラン

re.su.to.ra.n.

餐廳

例句

あそこのレストランはステーキが美味しいと
評価されています。

a.so.ko.no.re.su.to.ra.n.wa.su.te.e.ki.ga.o.i.shi.
i.to.hyo.u.ka.sa.re.te.i.ma.su.

那間餐廳的美味牛排廣受好評。

類詞

ファミリーレストラン	fa.mi.ri.i.re.su.to.ra.n. **家庭餐廳**
食べ放題レストラン	ta.be.ho.u.da.i.re.su.to. ra.n. **吃到飽餐廳**
スナック	su.na.kku. **小酒館、點心**
料亭	ryo.u.te.i. **傳統日式高級餐廳**
喫茶店	ki.ssa.te.n. **茶館、咖啡館**
飲食店	i.n.sho.ku.te.n. **餐飲店**

屋台
やたい
ya.ta.i.

路邊攤、攤販

例句

博多のお薦め屋台や美味しい店など教えてください。

ha.ka.ta.no.o.su.su.me.ya.ta.i.ya.o.i.shi.i.mi.se.na.do.o.shi.e.te.ku.da.sa.i.

請告訴我博多有什麼推薦的路邊攤或好吃的店家。

類詞

焼きそば	ya.ki.so.ba. 日式炒麵
たこ焼き	ta.ko.ya.ki. 章魚燒
お好み焼き	o.ko.no.mi.ya.ki. 大阪燒
焼きとうもろこし	ya.ki.to.u.mo.ro.ko.shi. 烤玉米
綿菓子	wa.ta.ga.shi. 棉花糖
りんご飴	ri.n.go.a.me. 蘋果糖葫蘆

お弁当
べんとう
o.be.n.to.u.
便當

例句

今日のお弁当は鶏の照り焼きと茄子の味噌炒め
とチャーハンです。

kyo.u.no.o.be.n.to.u.wa.to.ri.no.te.ri.ya.ki.to.
na.su.no.mi.so.i.ta.me.to.cha.a.ha.n.de.su.

今天的便當菜色有照燒雞、味噌炒茄子還有炒飯。

類詞

鉄道弁当 てつどうべんとう	te.tsu.do.u.be.n.to.u. **鐵路便當**
スタミナ弁当 べんとう	su.ta.mi.na.be.n.to.u. **精力便當**
鰻弁当 うなぎべんとう	u.na.gi.be.n.to.u. **鰻魚便當**
幕の内弁当 まく うちべんとう	ma.ku.no.u.chi.be.n.to.u. **幕之內便當**
タコさんウインナー 弁当 べんとう	ta.ko.sa.n.u.i.n.na.a.be. n.to.u. **章魚小香腸便當**
半額弁当 はんがくべんとう	ha.n.ga.ku.be.n.to.u. **半價便當**

定食

te.i.sho.ku.

套餐

例句

からあげ ていしょく   そ
唐揚定食タルタル添えで、あとご飯大盛でお
ねが
願いします。

ka.ra.a.ge.te.i.sho.ku.ta.ru.ta.ru.zo.e.de./a.to.
go.ha.n.o.o.mo.ri.de.o.ne.ga.i.shi.ma.su.

我要炸雞套餐加塔塔醬,還有飯要大碗的。

類詞

つけもの 漬物	tsu.ke.mo.no. **醃漬食品**
そうざい お惣菜	o.so.u.za.i. **小菜、配菜**
せんぎ 千切りキャベツ	se.n.gi.ri.kya.be.tsu. **高麗菜絲**
ごもくめし 五目飯	go.mo.ku.me.shi. **什錦炊飯**
しるもの 汁物	shi.ru.mo.no. **湯類**
もあ フルーツ盛り合わせ	fu.ru.u.tsu.mo.ri.a.wa.se. **水果拼盤**

1-7
食べ物

野菜
や さ い
ya.sa.i.
青菜

例句

野菜不足を解消できるいい方法ありますか？
青汁はどうですか？

やさいぶそく　かいしょう　　　　　　　　　　ほうほう
あおじる

ya.sa.i.bu.so.ku.o.ka.i.sho.u.de.ki.ru.i.i.ho.u.ho.
u.a.ri.ma.su.ka./ a.o.ji.ru.wa.do.u.de.su.ka.

有能夠解決青菜吃太少的方法嗎？喝青汁有效嗎？

類詞

にんじん 人参	ni.n.ji.n. 紅蘿蔔
だいこん 大根	da.i.ko.n. 白蘿蔔
たまねぎ 玉葱	ta.ma.ne.gi. 洋蔥
えだまめ 枝豆	e.da.ma.me. 毛豆
ビタミン	bi.ta.mi.n. 維他命
ミネラル	mi.ne.ra.ru. 礦物質

ぎゅうにく
牛肉
gyu.u.ni.ku.
牛肉

例句

ぎゅうにく
牛肉のうまみを一番引き出す料理方法を教えて
ください。

gyu.u.ni.ku.no.u.ma.mi.o.i.chi.ba.n.hi.ki.da.
su.ryo.u.ri.ho.u.ho.u.o.o.shi.e.te.ku.da.sa.i.

請告訴我怎麼料理牛肉最好吃。

類詞

とりにく 鶏肉	to.ri.ni.ku. **雞肉**
ぶたにく 豚肉	bu.ta.ni.ki. **豬肉**
ようにく 羊肉	yo.u.ni.ku. **羊肉**
とり　にく 鶏むね肉	to.ri.mu.ne.ni.ku. **雞胸肉**
とりてばさき 鶏手羽先	to.ri.te.ba.sa.ki. **雞翅膀**
とり　にく 鶏もも肉	to.ri.mo.mo.ni.ku. **雞腿肉**

やきにく
焼肉
ya.ki.ni.ku.
烤肉

例句

平日なら普通に一人焼肉はいけるけど、休日
じゃちょっと気まずいかも。

he.i.ji.tsu.na.ra.fu.tsu.u.ni.hi.to.ri.ya.ki.ni.ku.wa.
i.ke.ru.ke.do./ kyu.u.ji.tsu.ja.cho.tto.ki.ma.
zu.i.ka.mo.

平常日自己一個人去吃烤肉沒問題，假日去吃可能會
有點尷尬。

類詞

ホルモン焼き	ho.ru.mo.n.ya.ki. 烤內臟
バラ肉	ba.ra.ni.ku. 五花肉
高級肉	ko.u.kyu.u.ni.ku. 頂級肉品
松阪豚	ma.tsu.sa.ka.bu.ta. 松阪豬
上ロース	jo.u.ro.o.su. 上等里肌肉
国産黒毛和牛	ko.ku.sa.n.ku.ro.ge. wa.gyu.u. 國產黑毛和牛

お寿司
す し
o.su.shi.
壽司

例句

寿司の出前で 20 貫頼んでしまった結果、食べ
きれなかった。
su.shi.no.de.ma.e.de.ni.ju.u.ka.n.ta.no.n.de.shi.
ma.tta.ke.kka./ ta.be.ki.re.na.ka.tta.

叫了 20 個壽司外送，結果太多吃不完。

類詞

握り寿司	ni.gi.ri.zu.shi. 握壽司
軍艦巻き	gu.n.ka.n.ma.ki. 軍艦壽司
太巻き寿司	fu.to.ma.ki.zu.su. 太捲
手巻き寿司	te.ma.ki.zu.shi. 手捲
裏巻き	u.ra.ma.ki. 花壽司
回転寿司	ka.i.te.n.zu.shi. 迴轉壽司

1-7
食べ物

ネタ
ne.ta.
素材、材料

例句

先輩に飲み会に誘われたけど、盛り上がれるネタがないんだ。

se.n.pa.i.ni.no.mi.ka.i.ni.sa.so.wa.re.ta.ke.do./mo.ri.a.ga.re.ru.ne.ta.ga.na.i.n.da.

雖然前輩約我一起去喝酒，但我沒有能炒熱氣氛的話題材料啊。

類詞

中トロ	chu.u.to.ro. 中脂鮪魚肚
ホッキ貝	ho.kki.ga.i. 北寄貝
いくら	i.ku.ra. 鮭魚子
うに	u.ni. 海膽
ネタバレ	ne.ta.ba.re. 洩漏劇情、破梗
下ネタ	shi.mo.ne.ta. 黃色笑話

具沢山
ぐ だ く さん

gu.da.ku.sa.n.

料多

例句

身も心も温まる具沢山のちゃんこ鍋です。どう
み こころ あたた　　　 ぐ だ く さん　　　　　　　　　　　 なべ
ぞご堪能ください。
たんのう

mi.mo.ko.ko.ro.mo.a.ta.ta.ma.ru.gu.da.ku.
sa.n.no.cha.n.ko.na.be.de.su./ do.u.zo.go.ta.
n.no.u.ku.da.sa.i.

這是吃了身心都會暖起來料多又實在的相撲火鍋，敬
請享用。

類詞

具	gu. 配料
ボリューム満点 まんてん	bo.ryu.u.mu.ma.n.te.n. 份量十足
ボリューム	bo.ryu.u.mu. 份量、音量
食いしん坊 く　　　　　　 ぼう	ku.i.shi.n.bo.u. 貪吃鬼
欲張り よくば	yo.ku.ba.ri. 貪得無厭
食い意地 く　 い じ	ku.i.i.ji. 貪吃

1-7
食べ物

果物

くだもの

ku.da.mo.mo.

水果

例句

果物の中で一番好きなのはライチだけど、マンゴも捨て難いな。

ku.da.mo.no.no.na.ka.de.i.chi.ba.n.su.ki.na.no.wa.ra.i.chi.da.ke.do./ ma.n.go.mo.su.te.ga.ta.i.na.

在眾多水果中我最喜歡荔枝了，但芒果也難以割捨啊。

類詞

蜜柑 (みかん)	mi.ka.n. 橘子
桃 (もも)	mo.mo. 桃子
さくらんぼ	sa.ku.ra.n.bo. 櫻桃
アボカド	a.bo.ka.do. 酪梨
夕張メロン (ゆうばり)	yu.u.ba.ri.me.ro.n. 夕張哈密瓜
パッションフルーツ	pa.ssho.n.fu.ru.u.tsu. 百香果

1-7
食べ物

飲み物
の　　もの
no.mi.mo.no.
飲料

例句

差し入れするなら、飲み物やお菓子がいいんじゃないかな？
さ　い　　　　　　　　の　もの　　　か　し
sa.shi.i.re.su.ru.na.ra./ no.mi.mo.no.ya.o.ka.shi.ga.i.i.n.ja.na.i.ka.na.

要送慰勞品的話，送些飲料或點心怎麼樣？

類詞

麦茶 むぎちゃ	mu.gi.cha. 麥茶
豆乳 とうにゅう	to.u.nyu.u. 豆漿
ラムネ	ra.mu.ne. 彈珠汽水
ミックスジュース	mi.kku.su.ju.u.su. 綜合果汁
ロイヤルミルクティー	ro.i.ya.ru.mi.ru.ku.ti.i. 皇家奶茶
コーヒーメーカー	ko.o.hi.i.me.e.ka.a. 咖啡機

デザート

de.za.a.to.

飯後甜點

例句

昨日のデザート、仕上げに蜂蜜をかければ完璧だったね。

ki.no.u.no.de.za.a.to./ shi.a.ge.ni.ha.chi.mi.tsu.o.ka.ke.re.ba.ka.n.pe.ki.da.tta.ne.

昨天的甜點如果最後步驟有淋上蜂蜜的話就完美了。

類詞

ショートケーキ	sho.o.to.ke.e.ki. 草莓蛋糕
いちごロールケーキ	i.chi.go.ro.o.ru.ke.e.ki. 草莓蛋糕捲
バームクーヘン	ba.a.mu.ku.u.he.n. 年輪蛋糕
カステラ	ka.su.te.ra. 長崎蛋糕
ジャンボパフェ	ja.n.bo.pa.fe. 巨無霸聖代
フォンダンショコラ	fo.n.da.n.sho.ko.ra. 熔岩巧克力蛋糕

アルコール

a.ru.ko.o.ru.

酒、酒精

例句

年齢確認（ねんれいかくにん）は、アルコールなどの商品（しょうひん）を販売（はんばい）する際（さい）に必要（ひつよう）な手続（てつづ）きです。

ne.n.re.i.ka.ku.ni.n.wa./ a.ru.ko.o.ru.na.do.
no.sho.u.hi.n.o.ha.n.ba.i.su.ru.sa.i.ni.hi.tsu.
yo.u.na.te.tsu.zu.ki.de.su.

確認年齡是販賣酒類等產品給消費者時的必要程序。

類詞

焼酎（しょうちゅう）	sho.u.chu.u. 燒酒
ビール	bi.i.ru. 啤酒
カクテル	ka.ku.te.ru. 雞尾酒
ワイン	wa.i.n. 葡萄酒
ノンアルコール	no.n.a.ru.ko.o.ru. 不含酒精的飲料
おつまみ	o.tsu.ma.mi. 下酒菜

調味料

ちょうみりょう

cho.u.mi.ryo.u.

調味料、佐料

例句

こちらの調味料の量はお好みで加減してください。

ちょうみりょう りょう この かげん

ko.chi.ra.no.cho.u.mi.ryo.u.no.ryo.u.wa.o.ko.no.mi.de.ka.ge.n.shi.te.ku.da.sa.i.

請依個人喜好增減這個調味料的份量。

類詞

七味唐辛子 しちみとうがらし	shi.chi.mi.to.u.ga.ra.shi. **七味粉**
焼肉のたれ やきにく	ya.ki.ni.ku.no.ta.re. **烤肉醬**
めんつゆ	me.n.tsu.yu. **柴魚醬油**
食べるラー油 た ゆ	ta.be.ru.ra.a.yu. **可以吃的辣油**
マヨネーズ	ma.yo.ne.e.zu. **美乃滋**
ケチャップ	ke.cha.ppu. **番茄醬**

食卓
しょくたく
sho.ku.ta.ku.

餐桌

例句

我が家の食卓に絶対欠かせないものはケチャップとキムチです。

wa.ga.ya.no.sho.ku.ta.ku.ni.ze.tta.i.ka.ka.se.na.i.mo.no.wa.ke.cha.ppu.to.ki.mu.chi.de.su.

我家餐桌上絕對少不了的東西是番茄醬跟泡菜。

類詞

ちゃぶ台	cha.bu.da.i. 和式小圓桌
ちゃぶ台返し	cha.bu.da.i.ga.e.shi. 翻桌
炊飯器	su.i.ha.n.ki. 電子鍋
給食	kyu.u.sho.ku. 學校營養午餐
立ち食い	ta.chi.gu.i. 站著吃
食べ歩き	ta.be.a.ru.ki. 邊走邊吃

1-7 食べ物

おかわり

o.ka.wa.ri.

再來一份

例句

ホットコーヒーはおかわり自由_{じゆう}なので、是非_{ぜひ}お申し付_{もう つ}けください。

ho.tto.ko.o.hi.i.wa.o.ka.wa.ri.ji.yu.u.na.no.de./ze.hi.o.mo.u.shi.tsu.ke.ku.da.sa.i.

熱咖啡可續杯，有需要請吩咐。

類詞

特盛 とくもり	to.ku.mo.ri. 特大碗
大盛 おおもり	o.o.mo.ri. 大碗
並盛 なみもり	na.mi.mo.ri. 正常份量
小盛 こもり	ko.mo.ri. 小碗
少なめに すく	su.ku.na.me.ni. 少一點
多めに おお	o.o.me.ni. 多一點

大食い
o.o.gu.i.
大胃王、食量大

例句

先日、ジャンボカツカレーの大食いチャレンジに参加してきました。

se.n.ji.tsu./ ja.n.bo.ka.tsu.ka.re.e.no.o.o.gu.i.cha.re.n.ji.ni.sa.n.ka.shi.te.ki.ma.shi.ta.

前幾天去參加了巨無霸炸豬排咖哩的大胃王挑戰賽。

類詞

山盛り	ya.ma.mo.ri. 盛得像一座小山
デカ盛りグルメ	de.ka.mo.ri.gu.ru.me. 大份量美食
B級グルメ	bi.kyu.u.gu.ru.me. 平價美食
満腹	ma.n.pu.ku. 吃飽
ぺこぺこ	pe.ko.pe.ko. 肚子餓
早食い	ha.ya.gu.i. 吃得快

燃えるごみ
も

mo.e.ru.go.mi.

可燃垃圾

例句

今日は燃えるごみの日だったっけ。それとも、
きょう　も　　　　　　　　　ひ

燃えないごみの日かな。
も　　　　　　　　　ひ

kyo.u.wa.mo.e.ru.go.mi.no.hi.da.tta.kke./ so.re.
to.mo./ mo.e.na.i.go.mi.no.hi.ka.na.

**我記得今天好像是倒可燃垃圾的日子，還是説是不可
燃垃圾呢？**

類詞

ごみ箱 ばこ	go.mi.ba.ko. 垃圾桶
資源ごみ しげん	shi.ge.n.go.mi. 可以資源回收的垃圾
粗大ごみ そだい	so.da.i.go.mi. 大型垃圾
処分 しょぶん	sho.bu.n. 處置
ゴミ分別 ぶんべつ	go.mi.bu.n.be.tsu. 垃圾分類
リサイクル	ri.sa.i.ku.ru. 資源回收再利用

掃除機
そうじき
so.u.ji.ki.
吸塵器

例句

掃除機を買おうと思っています。お勧めのメーカーとかありますか？

so.u.ji.ki.o.ka.o.u.to.o.mo.tte.i.ma.su./ o.su.su.me.no.me.e.ka.a.to.ka.a.ri.ma.su.ka.

我想說要買吸塵器，有什麼推薦的廠牌嗎？

類詞

箒（ほうき）	ho.u.ki. 掃把
ちりとり	chi.ri.to.ri. 畚箕
モップ	mo.ppu. 拖把
雑巾（ぞうきん）	zo.u.ki.n. 抹布
バケツ	ba.ke.tsu. 水桶
脚立（きゃたつ）	kya.ta.tsu. 摺疊工作梯

1-8
物

かいちゅうでんとう
懐中電灯
ka.i.chu.u.de.n.to.u.
手電筒

例句

スマホを懐中電灯として使える便利なアプリが
あるんだって。
su.ma.ho.o.ka.i.chu.u.de.n.to.u.to.shi.te.tsu.
ka.e.ru.be.n.ri.na.a.pu.ri.ga.a.ru.n.da.tte.
聽説有個很方便的應用程式可以把智慧型手機當手電
筒來用。

類詞

かいちゅうどけい 懐中時計	ka.i.chu.u.do.ke.i. 懷錶
でんきゅう 電球	de.n.kyu.u. 電燈泡
けいこうとう 蛍光灯	ke.i.ko.u.to.u. 日光燈
ちょうちん 提灯	cho.u.chi.n. 燈籠
ライター	ra.i.ta.a. 打火機、作家
ばこ マッチ箱	ma.cchi.ba.ko. 火柴盒

割り箸
わ　　ばし

wa.ri.ba.shi.

免洗筷

例句

焼き餃子をテイクアウトしたら、割り箸がなくて、ストローが入っていたの。

ya.ki.gyo.u.za.o.te.e.ku.a.u.to.shi.ta.ra./ wa.ri.ba.shi.ga.na.ku.te./ su.to.ro.o.ga.ha.i.tte.i.ta.no.

買了外帶煎餃後，發現裡面沒有附免洗筷，反而放了吸管。

類詞

マイ箸	ma.i.ha.shi. 環保筷
箸置き	ha.shi.o.ki. 筷架
お皿	o.sa.ra. 盤子
爪楊枝	tsu.ma.yo.u.ji. 牙籤
湯呑み	yu.no.mi. 茶杯
紙コップ	ka.mi.ko.ppu. 紙杯

電子レンジ
でんし

de.n.shi.re.n.ji.

微波爐

例句

晩御飯は冷蔵庫の中に入っています。レンジで
ばんごはん　れいぞうこ　なか　はい
ちんして食べてください。
た

ba.n.go.ha.n.wa.re.i.zo.u.ko.no.na.ka.ni.ha.i.tte. i.ma.su./ re.n.ji.de.chi.n.shi.te.ta.be.te.ku.da. sa.i.

晚餐放在冰箱裡，請用微波爐加熱之後再吃。

類詞

ホームベーカリー	ho.o.mu.be.e.ka.ri.i. 麵包機
ミキサー	mi.ki.sa.a. 果汁機
トースター	to.o.su.ta.a. 烤吐司機
エアーフライヤー	e.a.a.fu.ra.i.ya.a. 氣炸鍋
ガスコンロ	ga.su.ko.n.ro. 瓦斯爐
レンジフード	re.n.ji.fu.u.do. 抽油煙機

1-8
物

賞味期限

しょうみきげん

sho.u.mi.ki.ge.n.

有效日期

例句

賞味期限切れのミルクを飲んでしまったせいか、お腹がすごく痛いんだ。

しょうみきげんぎ / の

なか / いた

sho.u.mi.ki.ge.n.gi.re.no.mi.ru.ku.o.no.n.de.shi.ma.tta.se.i.ka./ o.na.ka.ga.su.go.ku.i.ta.i.n.da.

應該是因為喝了過期牛奶的關係，害我肚子超痛的。

類詞

せいぞうねんがっぴ 製造年月日	se.i.zo.u.ne.n.ga.ppi. 製造日期	
しょくちゅうどく 食中毒	sho.ku.chu.u.do.ku. 食物中毒	
げり 下痢	ge.ri. 腹瀉	
へど 反吐	he.do. 嘔吐、嘔吐物	
ちゃくしょくりょう 着色料	cha.ku.sho.ku.ryo.u. 食用色素	
ほぞんりょう 保存料	ho.zo.n.ryo.u. 防腐劑	

1-8

物

ハンカチ
ha.n.ka.chi.
手帕

例句

あの、先輩に貸してもらったハンカチはちゃんと洗って返しますから。

a.no./ se.n.pa.i.ni.ka.shi.te.mo.ra.tta.ha.n.ka.chi.
wa.cha.n.to.a.ra.tte.ka.e.shi.ma.su.ka.ra.

那個，跟學長借的手帕我會洗乾淨再還你的。

類詞

タオル	ta.o.ru. 毛巾
銭湯	se.n.to.u. 澡堂
浴槽	yo.ku.so.u. 浴缸、澡盆
蛇口	ja.gu.chi. 水龍頭
ずぶ濡れ	zu.bu.nu.re. 全身濕透
手洗い	te.a.ra.i. 洗手、洗手間

目覚まし時計
め ざ ど けい
me.za.ma.shi.do.ke.i.
鬧鐘

例句

目覚まし時計を三つもセットしたのに、二度寝
してまた遅刻してしまった。

me.za.ma.shi.do.ke.i.o.mi.tsu.mo.se.tto.shi.
ta.no.ni./ ni.do.ne.shi.te.ma.ta.chi.ko.ku.shi.
te.shi.ma.tta.

明明都設了三個鬧鐘，睡個回籠覺結果又遲到了。

類詞

毛布	mo.u.fu. **毛毯**
微睡み	ma.do.ro.mi. **小睡片刻**
揺り籠	yu.ri.ka.go. **搖籃**
赤ん坊	a.ka.n.bo.u. **小寶寶**
子守唄	ko.mo.ri.u.ta. **搖籃曲**
箪笥	ta.n.su. **五斗櫃**

1-8

物

電池
でんち
de.n.chi.

電池

例句

<ruby>電池残量<rt>でんちざんりょう</rt></ruby>が<ruby>少<rt>すく</rt></ruby>ないから、<ruby>電話<rt>でんわ</rt></ruby>を<ruby>切<rt>き</rt></ruby>るね。<ruby>家<rt>いえ</rt></ruby>に<ruby>帰<rt>かえ</rt></ruby>ったら、また<ruby>電話<rt>でんわ</rt></ruby>するよ。

de.n.chi.za.n.ryo.u.ga.su.ku.na.i.ka.ra./ de.n.wa.
o.ki.ru.ne./ i.e.ni.ka.e.tta.ra./ ma.ta.de.n.wa.
su.ru.yo.

電池快沒電了，我要掛電話囉。回家之後再打給你。

類詞

プラグ	pu.ra.gu. 插頭
スイッチ	su.i.cchi. 開關
コンセント	ko.n.se.n.to. 插座
リモコン	ri.mo.ko.n. 遙控器
エアコン	e.a.ko.n. 冷氣
<ruby>扇風機<rt>せんぷうき</rt></ruby>	se.n.pu.u.ki. 電風扇

鍵
かぎ
ka.gi.
鑰匙

例句

鍵をかけ忘れたことに気付いたから、一日中そわそわしていた。

ka.gi.o.ka.ke.wa.su.re.ta.ko.to.ni.ki.zu.i.ta.ka.ra./i.chi.ni.chi.ju.u.so.wa.so.wa.shi.te.i.ta.

因為發現自己忘了上鎖，所以整天都坐立不安。

類詞

合鍵 あいかぎ	a.i.ka.gi. 備份鑰匙
キーホルダー	ki.i.ho.ru.da.a. 鑰匙圈
紛失 ふんしつ	fu.n.shi.tsu. 遺失
柿 かき	ka.ki. 柿子
牡蠣 かき	ka.ki. 牡蠣
餓鬼 がき	ga.ki. 乳臭未乾的小鬼

斧
おの

o.no.

斧頭

例句

皆さん、斧を研いで針にするという諺を聞いた
ことがありますよね。

mi.na.sa.n./ o.no.o.to.i.de.ha.ri.ni.su.ru.to.i.u.ko.
to.wa.za.o.ki.i.ta.ko.to.ga.a.ri.ma.su.yo.ne.

大家都有聽過鐵杵磨成繡花針這句諺語吧。

類詞

釘 くぎ	ku.gi. 釘子
ハンマー	ha.n.ma.a. 鐵鎚
鋸 のこぎり	no.ko.gi.ri. 鋸子
ペンチ	pe.n.chi. 鉗子
ドライバー	do.ra.i.ba.a. 司機、螺絲起子
大工 だいく	da.i.ku. 木匠

1-8

物

エプロン
e.pu.ro.n.
圍裙

例句

色々悩んだ結果、母の日のプレゼントは可愛い
エプロンに決めました。

i.ro.i.ro.na.ya.n.da.ke.kka./ ha.ha.no.hi.no.pu.
re.ze.n.to.wa.ka.wa.i.i.e.pu.ro.n.ni.ki.me.ma.shi.
ta.

傷透腦筋後終於決定送可愛的圍裙當母親節禮物。

類詞

割烹着	ka.ppo.u.gi. 日式罩衫圍裙
ヒョウ柄	hyo.u.ga.ra. 豹紋
格子柄	ko.u.shi.ga.ra. 格紋
水玉柄	mi.zu.ta.ma.ga.ra. 圓點紋
花柄	ha.na.ga.ra. 碎花紋
千鳥柄	chi.do.ri.ga.ra. 千鳥紋

額縁
がくぶち
ga.ku.bu.chi.
相框

例句

ポスターを飾るために、額縁を買ったんだけ
ど、サイズが合わないみたい。

po.su.ta.a.o.ka.za.ru.ta.me.ni./ ga.ku.bu.chi.
o.ka.tta.n.da.ke.do./ sa.i.zu.ga.a.wa.na.i.mi.ta.i.

為了把海報裝飾起來去買了相框，但尺寸好像不合。

類詞

座布団	za.bu.to.n. 坐墊
花瓶	ka.bi.n. 花瓶
一輪挿し	i.chi.ri.n.za.shi. 小花瓶
一輪花	i.chi.ri.n.ba.na. 一朵花
掛け時計	ka.ke.do.ke.i. 掛鐘
鳩時計	ha.to.do.ke.i. 布穀鳥鐘

1-8
物

さ ぼ て ん
仙人掌
sa.bo.te.n.

仙人掌

例句

仙人掌には水を与えすぎてはいけないそうだけ
ど、それは何故だろう？

sa.bo.te.n.ni.wa.mi.zu.o.a.ta.e.su.gi.te.wa.i.ke.
na.i.so.u.da.ke.do./ so.re.wa.na.ze.da.ro.u.

聽説不可以給仙人掌澆太多水，這是為什麼呢？

類詞

砂漠	sa.ba.ku. 沙漠
駱駝	ra.ku.da. 駱駝
オアシス	o.a.si.su. 綠洲
果実	ka.ji.tsu. 果實
葉っぱ	ha.ppa. 葉子
根元	ne.mo.to. 根、根本

1-8

物

イヤホン
i.ya.ho.n.
耳機

例句

よく通勤途中でイヤホンを使ってラジオや音楽を聴いています。

yo.ku.tsu.u.ki.n.to.chu.u.de.i.ya.ho.n.o.tsu.ka.tte.ra.ji.o.ya.o.n.ga.ku.o.ki.i.te.i.ma.su.

我常常會在通勤途中用耳機來聽廣播或音樂。

類詞

受話器	ju.wa.ki. 聽筒
ヘッドホン	he.ddo.ho.n. 頭戴式耳機
系電話	i.to.de.n.wa. 紙杯傳聲筒
毛玉	ke.da.ma. （衣物）毛球
メガホン	me.ga.ho.n. 大聲公
木霊	ko.da.ma. 回音

1-8
物

ガシャポン
ga.sha.po.n.
扭蛋

例句

ガシャポンって面白いよ。何が当たるか分からないからこそ楽しいの。

ga.sha.po.n.tte.o.mo.shi.ro.i.yo./ na.ni.ga.a.ta.ru.ka.wa.ka.ra.na.i.ka.ra.ko.so.ta.no.shi.i.no.

扭蛋很有趣喔，就是因為無法預測會扭出什麼東西來才好玩啊。

類詞

クレーンゲーム	ku.re.e.n.ge.e.mu. 抓娃娃機
クレーン	ku.re.e.n. 起重機
着ぐるみ	ki.gu.ru.mi. 布偶裝
シャボン玉	sha.bo.n.da.ma. 肥皂泡泡
じゃんけん	ja.n.ke.n. 猜拳
あっち向いてホイ	a.cchi.mu.i.te.ho.i. 黑白猜男生女生配

1-8

物

たからもの
宝物
ta.ka.ra.mo.no.
寶物、寶貝

例句

私の宝物は、家族の笑顔です。家族のためなら、何だってやります。

wa.ta.shi.no.ta.ka.ra.mo.no.wa./ ka.zo.ku.no.
e.ga.o.de.su./ ka.zo.ku.no.ta.me.na.ra./ na.n.da.
tte.ya.ri.ma.su.

我的寶物就是家人的笑容。為了家人，我赴湯蹈火在所不辭。

類詞

宝くじ	ta.ka.ra.ku.ji. 彩券
掛け替えの無い	ka.ke.ga.e.no.na.i. 無可取代的
オルゴール	o.ru.go.o.ru. 音樂盒
玩具	o.mo.cha. 玩具
直筆サイン入り写真	ji.ki.hi.tsu.sa.i.n.i.ri.sha.shi.n. 親筆簽名照
サイン色紙	sa.i.n.shi.ki.shi. 簽名板

新入生
しんにゅうせい

shi.n.nyu.u.se.i.

新生

Track
075

例句

新入生の皆さん、まもなく始業式が始まります。講堂へ移動してください。
しんにゅうせい みな しぎょうしき はじ
こうどう いどう

shi.n.nyu.u.se.i.no.mi.na.sa.n./ ma.mo.na.ku. shi.gyo.u.shi.ki.ga.ha.ji.ma.ri.ma.su./ ko.u.do. u.e.i.do.u.shi.te.ku.da.sa.i.

各位新生，開學典禮即將開始，請移動至禮堂。

類詞

入学手続き にゅうがくてつづき	nyu.u.ga.ku.te.tsu.zu.ki. **入學手續**
新入部員 しんにゅうぶいん	shi.n.nyu.u.bu.i.n. **社團新成員**
新米教師 しんまいきょうし	shi.n.ma.i.kyo.u.shi. **菜鳥老師**
自己紹介 じこしょうかい	ji.ko.sho.u.ka.i. **自我介紹**
転校生 てんこうせい	te.n.ko.u.se.i. **轉學生**
健康診断 けんこうしんだん	ke.n.ko.u.shi.n.da.n. **健康檢查**

1-9
キャンパス

教科書
きょうかしょ

kyo.u.ka.sho.

課本

例句

国語の教科書を忘れてしまったんだけど、一緒に見てもいい?
こくご　きょうかしょ　わす　　　　　　　　　　　　　いっしょ
み

ko.ku.go.no.kyo.u.ka.sho.o.wa.su.re.te.shi.ma.tta.n.da.ke.do./ i.ssho.ni.mi.te.mo.i.i.

我忘記帶國文課本了，可以一起看嗎？

類詞

消しゴム け	ke.shi.go.mu. 橡皮擦
修正テープ しゅうせい	shu.u.se.i.te.e.pu. 修正帶
万年筆 まんねんひつ	ma.n.ne.n.hi.tsu. 鋼筆
シャープペン	sha.a.pu.pe.n. 自動鉛筆
ホチキス	ho.chi.ki.su. 釘書機
チョーク	cho.o.ku. 粉筆

1-9
キャンパス

補習
ほしゅう
ho.shu.u.
補課

例句

期末テストで赤点を取ってしまったら、補習を受けなければいけない。

ki.ma.tsu.te.su.to.de.a.ka.te.n.o.to.tte.shi.ma.tta.ra./ ho.shu.u.o.u.ke.na.ke.re.ba.i.ke.na.i.

期末考不及格的人要接受補課。

類詞

講義 こうぎ	ko.u.gi. **大學課程**
抜き打ちテスト ぬ う	nu.ki.u.chi.te.su.to. **隨堂測驗**
穴埋め問題 あなう もんだい	a.na.u.me.mo.n.da.i. **填空題**
記述問題 きじゅつもんだい	ki.ju.tsu.mo.n.da.i. **問答題**
選択問題 せんたくもんだい	se.n.ta.ku.mo.n.da.i. **選擇題**
選択肢 せんたくし	se.n.ta.ku.shi. **選項**

宿題
しゅくだい

shu.ku.da.i.

作業

例句

なつやす しゅくだい はや お は
夏休みの宿題は、早く終わる派ですか？それと
は
もギリギリ派ですか？

na.tsu.ya.su.mi.no.shu.ku.da.i.wa./ ha.ya.
ku.o.wa.ru.ha.de.su.ka./ so.re.to.mo.gi.ri.gi.ri.
ha.de.su.ka.

你是會提早完成暑假作業的類型嗎？還是會拖到最後一刻才寫呢？

類詞

レポート	re.po.o.to. 報告
か だい 課題	ka.da.i. 題目、課題
ひょうしょうじょう 表彰状	hyo.u.sho.u.jo.u. 獎狀
ゆうとうせい 優等生	yu.u.to.u.se.i. 模範生
き じ 記事	ki.ji. 報導、消息
ばつ 罰	ba.tsu. 懲罰

えいごりょく
英語力
e.i.go.ryo.ku.
英語能力

例句

えいごりょく こうじょう
英語力を向上させるためには、どんな方法で
べんきょう ほうほう
勉強すればいいでしょうか？

e.i.go.ryo.ku.o.ko.u.jo.u.sa.se.ru.ta.me.ni.wa./
do.n.na.ho.u.ho.u.de.be.n.kyo.u.su.re.ba.i.i.de.
sho.u.ka.

要增強英語能力該用什麼方法學習才好？

類詞

聞き取り	ki.ki.to.ri. 能聽懂外語的能力
英会話	e.i.ka.i.wa. 英語會話
コツ	ko.tsu. 訣竅
レベルアップ	re.be.ru.a.ppu. 升級
段階	da.n.ka.i. 等級、步驟
急上昇	kyu.u.jo.u.sho.u. 急速飆升

1-9
キャンパス

算数

さんすう

sa.n.su.u.

初等數學

例句

算数が苦手なんだ。猿でも解ける問題ができな
さんすう にがて　　　　　さる　　と　もんだい

かったら、どうしよう。

sa.n.su.u.ga.ni.ga.te.na.n.da./ sa.ru.de.mo.
to.ke.ru.mo.n.da.i.ga.de.ki.na.ka.tta.ra./
do.u.shi.yo.u.

我很不擅長數學，如果連猴子都會的問題也解不出來
該怎麼辦。

類詞

プラス	pu.ra.su. 加
マイナス	ma.i.na.su. 減
かける	ka.ke.ru. 乘
わる	wa.ru. 除
大なり だい	o.o.na.ri. 大於
小なりイコール しょう	sho.u.na.ri.i.ko.o.ru. 小於等於

てんすう
点数
te.n.su.u.
分數

例句

し けん　　　　　 てんすう　 と
試験でいい点数を取ったことがない。私はやっ
べんきょう　む　　　　　　　　　　　　　　　 わたし
ぱり勉強に向いてないんだ。

shi.ke.n.de.i.i.te.n.su.u.o.to.tta.ko.to.ga.na.
i./ wa.ta.shi.wa.ya.ppa.ri.be.n.kyo.u.ni.mu.i.te.
na.i.n.da.

我考試從沒考過好分數，果然我不是唸書的料啊。

類詞

ついし 追試	tsu.i.shi. 補考
へいきんてん 平均点	he.i.ki.n.te.n. 平均分數
まんてん 満点	ma.n.te.n. 滿分
えいようまんてん 栄養満点	e.i.yo.u.ma.n.te.n. 營養滿分
りゅうねん 留年	ryu.u.ne.n. 留級
ろうにん 浪人	ro.u.ni.n. 重考生

修学旅行
しゅうがくりょこう
shu.u.ga.ku.ryo.ko.u.
校外教學

例句

息子が修学旅行に行きたいって言ったんだけど、家計が心配だわ。
（むすこ しゅうがくりょこう い かけい しんぱい）

mu.su.ko.ga.shu.u.ga.ku.ryo.ko.u.ni.i.ki.ta.i.tte.
i.tta.n.da.ke.do./ ka.ke.i.ga.shi.n.pa.i.da.wa.

雖然兒子說想去參加校外教學，但我擔心會影響家計。

類詞

枕投げ（まくらなげ）	ma.ku.ra.na.ge. 互扔枕頭
トランプ	to.ra.n.pu. 撲克牌
集合写真（しゅうごうしゃしん）	shu.u.go.u.sha.shi.n. 團體合影
ツーショット	tsu.u.sho.tto. 兩人合照
お小遣い（こづかい）	o.ko.zu.ka.i. 零用錢
お土産（みやげ）	o.mi.ya.ge. 手信、紀念品

出し物
だ　もの
da.shi.mo.no.
演出節目

例句

娘のクラスの出し物はシンデレラをモチーフに
したミュージカルらしい。

mu.su.me.no.ku.ra.su.no.da.shi.mo.no.wa.shi.
n.de.re.ra.o.mo.chi.i.fu.ni.shi.ta.myu.u.ji.ka.ru.
ra.shi.i.

**我女兒那班的表演節目好像是以灰姑娘為藍本的音樂
劇。**

類詞

演劇部 えんげきぶ	e.n.ge.ki.bu. 戲劇社
軽音部 けいおんぶ	ke.i.o.n.bu. 輕音樂社
写真部 しゃしんぶ	sha.shi.n.bu. 攝影社
吹奏楽部 すいそうがくぶ	su.i.so.u.ga.ku.bu. 管樂社
剣道部 けんどうぶ	ke.n.do.u.bu. 劍道社
漫画研究部 まんがけんきゅうぶ	ma.n.ga.ke.n.kyu.u.bu. 漫畫社

単位
たんい

ta.n.i.

學分

例句

大学1年生なんですが、1学期にどのくらいの
だいがく ねんせい がっき
単位を取るのが普通ですか？
たんい と ふつう

da.i.ga.ku.i.chi.ne.n.se.i.na.n.de.su.ga./ i.chi.
ga.kki.ni.do.no.ku.ra.i.no.ta.n.i.o.to.ru.no.ga.fu.
tsu.u.de.su.ka.

我是大學一年級的學生，一般來說第一個學期大概要
修多少學分？

類詞

必修科目 ひっしゅうかもく	hi.sshu.u.ka.mo.ku. 必修課
選択科目 せんたくかもく	se.n.ta.ku.ka.mo.ku. 選修課
時間割 じかんわり	ji.ka.n.wa.ri. 課表
2限目 げんめ	ni.ge.n.me. 第二節課
休講 きゅうこう	kyu.u.ko.u. 停課
サボる	sa.bo.ru. 翹課

がっか
学科
ga.kka.
科系

例句

のうがくぶ しょくひんえいようがっか　　　　　　　しょぞく　　　　　　わたなべなぎさ
農学部 食 品 栄養学科に所属している 渡辺渚と
もう
申します。

no.u.ga.ku.bu.sho.ku.hi.n.e.i.yo.u.ga.kka.
ni.sho.zo.ku.shi.te.i.ru.wa.ta.na.be.na.gi.sa.to.
mo.u.shi.ma.su.

我是隸屬於農學院食品營養學系的學生，我叫渡邊渚。

類詞

ぶんや 分野	bu.n.ya. **領域**
じょうほうがくぶ 情報学部	jo.u.ho.u.ga.ku.bu. **資訊學院**
ほうがくぶ 法学部	ho.u.ga.ku.bu. **法學院**
いがくぶ 医学部	i.ga.ku.bu. **醫學院**
しょうがくぶ 商学部	sho.u.ga.ku.bu. **商學院**
がくぶ デザイン学部	de.za.i.n.ga.ku.bu. **設計學院**

申し込み
もうこ
mo.u.shi.ko.mi.
申請

例句

大会に参加する方は、申し込み用紙にご記入の上、郵送でお送りください。

ta.i.ka.i.ni.sa.n.ka.su.ru.ka.ta.wa./ mo.u.shi.
ko.mi.yo.u.shi.ni.go.ki.nyu.u.no.u.e./ yu.u.so.
u.de.o.ku.ri.ku.da.sa.i.

欲報名參加大會請填妥申請表後寄出。

類詞

締め切り	shi.me.ki.ri. 截止期限
推薦状	su.i.se.n.jo.u. 推薦函
奨学金	sho.u.ga.ku.ki.n. 獎學金
受賞	ju.sho.u. 獲獎
優勝	yu.u.sho.u. 冠軍
褒美	ho.u.bi. 獎賞

委員長
いいんちょう
i.i.n.cho.u.
班長

例句

委員長に選ばれたのは嬉しいけど、うまくやれるかどうか分からない。

i.i.n.cho.u.ni.e.ra.ba.re.ta.no.wa.u.re.shi.i.ke.do./
u.ma.ku.ya.re.ru.ka.do.u.ka.wa.ka.ra.na.i.

雖然被選為班長很開心，但不曉得自己能不能勝任。

類詞

りっこうほ 立候補	ri.kko.u.ho. 參加競選
こうほしゃ 候補者	ko.u.ho.sha. 候選人
きよ いっぴょう 清き一票	ki.yo.ki.i.ppyo.u. 神聖的一票
とうばん 当番	to.u.ba.n. 值班人員、值日生
きゅうしょくとうばん 給食当番	kyu.u.sho.ku.to.u.ba.n. 負責發營養午餐的值日生
そうじとうばん 掃除当番	so.u.ji.to.u.ba.n. 負責打掃的值日生

いじめ
i.ji.me.
欺負、霸凌

例句

<ruby>中学生<rt>ちゅうがくせい</rt></ruby>の<ruby>頃<rt>ころ</rt></ruby>、<ruby>学校<rt>がっこう</rt></ruby>でいじめにあってたから、いつも<ruby>一人<rt>ひとり</rt></ruby>ぼっちだった。

chu.u.ga.ku.se.i.no.ko.ro./ ga.kko.u.de.i.ji.me.ni.
a.tte.ta.ka.ra./ i.tsu.mo.hi.to.ri.bo.cchi.da.tta.

我還是國中生的時候，在學校被霸凌，那時候總是一個人孤零零的。

類詞

<ruby>差別<rt>さべつ</rt></ruby>	sa.be.tsu. 歧視、區分
パシリ	pa.si.ri. 指使別人跑腿
<ruby>登校拒否<rt>とうこうきょひ</rt></ruby>	to.u.ko.u.kyo.hi. 拒絕上學
<ruby>悪態<rt>あくたい</rt></ruby>	a.ku.ta.i. 髒話
<ruby>理不尽<rt>りふじん</rt></ruby>	ri.fu.ji.n. 不講理
<ruby>仲間外れ<rt>なかまはず</rt></ruby>	na.ka.ma.ha.zu.re. 被排擠

なかにわ
中庭
na.ka.ni.wa.
中庭

例句

今日はとてもいいお天気だから、お昼は中庭で
お弁当を食べたんだ。

kyo.u.wa.to.te.mo.i.i.o.te.n.ki.da.ka.ra./ o.hi.
ru.wa.na.ka.ni.wa.de.o.be.n.to.u.o.ta.be.ta.n.da.

因為今天天氣很好，所以中午在中庭吃便當。

類詞

ろうか 廊下	ro.u.ka. 走廊
おど ば 踊り場	o.do.ri.ba. 樓梯間
こうばいぶ 購買部	ko.u.ba.i.bu. 福利社
ほけんしつ 保健室	ho.ke.n.shi.tsu. 保健室
せいとかいしつ 生徒会室	se.i.to.ka.i.shi.tsu. 學生會辦公室
じゅく 塾	ju.ku. 補習班

1-9
キャンパス

大学院
だいがくいん
da.i.ga.ku.i.n.
研究所

例句

将来は大学院に進学するつもりですが、一発で
受かる自信がないんだ。

sho.u.ra.i.wa.da.i.ga.ku.i.n.ni.shi.n.ga.ku.su.
ru.tsu.mo.ri.de.su.ga./ i.ppa.tsu.de.u.ka.ru.ji.shi.
n.ga.na.i.n.da.

**我將來想繼續升學讀研究所，但是沒有自信能一次就
考上。**

類詞

だいがくせい 大学生	da.i.ga.ku.se.i. 大學生
こうこうせい 高校生	ko.u.ko.u.se.i. 高中生
ちゅうがくせい 中学生	chu.u.ga.ku.se.i. 國中生
しょうがくせい 小学生	sho.u.ga.ku.se.i. 小學生
えんじ 園児	e.n.ji. 幼稚園學童
がくちょう 学長	ga.ku.cho.u. 大學校長

卒業
そつぎょう
so.tsu.gyo.u.

畢業

例句

卒業後の進路について相談があるのですが、少し時間いいでしょうか？

so.tsu.gyo.u.go.no.shi.n.ro.ni.tsu.i.te.so.u.da.n.ga.a.ru.no.de.su.ga./ su.ko.shi.ji.ka.n.i.i.de.sho.u.ka.

想找您商量關於畢業後的打算，請問方便佔用一點時間嗎？

類詞

卒業証書 そつぎょうしょうしょ	so.tsu.gyo.u.sho.u.sho. 畢業證書
高校卒業 こうこうそつぎょう	ko.u.ko.u.so.tsu.gyo.u. 高中畢業
理系大卒 りけいだいそつ	ri.ke.i.da.i.so.tsu. 大學理科畢業
文系大卒 ぶんけいだいそつ	bu.n.ke.i.da.i.so.tsu. 大學文科畢業
名門校卒 めいもんこうそつ	me.i.mo.n.ko.u.so.tsu. 名校畢業
エリート	e.ri.i.to. 菁英

就職
しゅうしょく
shu.u.sho.ku.
就業

例句

この時期に内定がなければ、就職はかなり厳し
いですよ。

ko.no.ji.ki.ni.na.i.te.i.ga.na.ke.re.ba./ shu.u.sho.
ku.wa.ka.na.ri.ki.bi.shi.i.de.su.yo.

到這個時間點還沒確定被錄取的話，要找工作就有點
難了。

類詞

応募	o.u.bo. 報名參加
募集	bo.shu.u. 招募
履歴書	ri.re.ki.sho. 履歷表
面接	me.n.se.tsu. 面試
就職活動	shu.u.sho.ku.ka.tsu.do.u. 求職
採用通知	sa.i.yo.u.tsu.u.chi. 錄取通知

職業

しょくぎょう

sho.ku.gyo.u.

職業

例句

こども ころ しょうらい しょくぎょう つ おも
子供の頃、将来どんな職業に就くと思っていま

したか？

ko.do.mo.no.ko.ro./ sho.u.ra.i.do.n.na.sho.
ku.gyo.u.ni.tsu.ku.to.o.mo.tte.i.ma.shi.ta.ka.

小時候有想過未來要從事什麼職業嗎？

類詞

コック	ko.kku. 廚師
しょうぼうし 消防士	sho.u.bo.u.shi. 消防員
けいさつ 警察	ke.i.sa.tsu. 警察
うちゅうひこうし 宇宙飛行士	u.chu.u.hi.ko.u.shi. 太空人
かがくしゃ 科学者	ka.ga.ku.sha. 科學家
つうやく 通訳	tsu.u.ya.ku. 翻譯

1-10
職
場

かいしゃ
会社
ka.i.sha.
公司

例句

かいしゃ せんぱい かげぐち い
会社の先輩に陰口を言われていて、どうしたら
いいんだろう？

ka.i.sha.no.se.n.pa.i.ni.ka.ge.gu.chi.o.i.wa.re.te.
i.te./ do.u.shi.ta.ra.i.i.n.da.ro.u.

公司裡的前輩在背地裡説我壞話，我該怎麼辦才好？

類詞

おやがいしゃ 親会社	o.ya.ga.i.sha. **母公司**
こがいしゃ 子会社	ko.ga.i.sha. **子公司**
かぶしきがいしゃ 株式会社	ka.bu.shi.ki.ga.i.sha. **股份有限公司**
ろうどうくみあい 労働組合	ro.u.do.u.ku.mi.a.i. **工會**
きゃくさま お客様	o.kya.ku.sa.ma. **客戶、顧客**
とくいさき 得意先	to.ku.i.sa.ki. **老客戶**

ポジション
po.zi.sho.n.
職位、地位

例句

取締役というポジションを務めさせていただいて、ありがうございます。

to.ri.shi.ma.ri.ya.ku.to.i.u.po.zi.sho.n.o.tsu.
to.me.sa.se.te.i.ta.da.i.te./ a.ri.ga.to.u.go.
za.i.ma.su.

感謝大家讓我擔任執行長這個職位。

類詞

会長	ka.i.cho.u. 董事長
社長	sha.cho.u. 總經理
頭取	to.u.do.ri. 銀行總經理
部長	bu.cho.u. 經理
部長代理	bu.cho.u.da.i.ri. 代理經理
係長	ka.ka.ri.cho.u. 組長

スーツ
su.u.tsu.
套裝

例句

就活のために、新しいリクルートスーツを
一着購入しました。

shu.u.ka.tsu.no.ta.me.ni./ a.ta.ra.shi.i.ri.ku.ru.
u.to.su.u.tsu.o.i.ccha.ku.ko.u.nyu.u.shi.ma.shi.
ta.

為了找工作，買了一套新的求職套裝。

類詞

背広	se.bi.ro. 西裝
ブラウス	bu.ra.u.su. 女用襯衫
ネクタイ	ne.ku.ta.i. 領帶
着こなし	ki.ko.na.shi. 穿搭
外見	ga.i.ke.n. 外表
中身	na.ka.mi. 內涵

名刺
me.i.shi.
名片

例句

名刺の渡し方と受け取り方は第一印象に大きく
影響するそうです。

me.i.shi.no.wa.ta.shi.ka.la.to.u.ke.to.ri.ka.ta.
wa.da.i.i.chi.i.n.sho.u.ni.o.o.ki.ku.e.i.kyou.su.
ru.so.u.de.su.

據說遞出名片跟收下名片的方式會大大影響給人的第一印象。

類詞

名刺入れ	me.i.shi.i.re. 名片盒
名刺交換	me.i.shi.ko.u.ka.n. 交換名片
連絡先	re.n.ra.ku.sa.ki. 聯絡方式
肩書き	ka.ta.ga.ki. 頭銜、地位
上流階級	jo.u.ryu.u.ka.i.kyu.u. 上流階層
特権	to.kke.n. 特權

1-10
職
場

残業
ざんぎょう
za.n.gyo.u.
加班

例句

息子はよく遅くまで残業してるから、体を壊さないかと心配です。

mu.su.ko.wa.yo.ku.o.so.ku.ma.de.za.n.gyo.u.shi.te.ru.ka.ra./ ka.ra.da.o.ko.wa.sa.na.i.ka.to.shi.n.pa.i.de.su.

我兒子常常加班到很晚，我很擔心他的身體狀況。

類詞

出勤 しゅっきん	shu.kki.n. 出門上班
退勤 たいきん	ta.i.ki.n. 下班
新人研修 しんじんけんしゅう	shi.n.ji.n.ke.n.shu.u. 新進員工培訓
海外出張 かいがいしゅっちょう	ka.i.ga.i.shu.ccho.u. 國外出差
クビ	ku.bi. 炒魷魚、解雇
寿退社 ことぶきたいしゃ	ko.to.bu.ki.ta.i.sha. 女性因結婚而辭職

どうりょう
同僚
do.u.ryo.u.
同事

例句

あいつは俺の同僚の月宮だ。ちょっと気難しい
けど、いい人なんだ。

a.i.tsu.wa.o.re.no.do.u.ryo.u.no.tsu.ki.mi.ya.da./
cho.tto.ki.mu.zu.ka.shi.i.ke.do./ i.i.hi.to.na.n.da.

那傢伙是我同事，姓月宮。雖然他個性有點難搞，但
其實是個好人。

類詞

じょうし 上司	jo.u.shi. 上司
ぶか 部下	bu.ka. 部下
しんまい 新米	shi.n.ma.i. 新人、菜鳥
ベテラン	be.te.ra.n. 老手、老鳥
しごとなかま 仕事仲間	shi.go.to.na.ka.ma. 工作夥伴、同事
くさ えん 腐れ縁	ku.sa.re.e.n. 孽緣、難解之緣

職場
しょくば
sho.ku.ba.
工作崗位、工作場所

例句

しょくば にんげんかんけい よ
職場の人間関係を良くするにはどうすればいい
でしょうか？

sho.ku.ba.no.ni.n.ge.n.ka.n.ke.i.o.yo.ku.su.ru.ni.
wa.do.u.su.re.ba.i.i.de.su.ka.

成功的職場人際關係應該如何經營呢？

類詞

しゃいんしょくどう 社員食堂	sha.i.n.sho.ku.do.u 員工餐廳
しゃいんりょう 社員寮	sha.i.n.ryo.u. 員工宿舍
しゃたく 社宅	sha.ta.ku. 員工住宅
かいぎしつ 会議室	ka.i.gi.shi.tsu. 會議室
デスク	de.su.ku. 辦公桌
きゅうとうしつ 給湯室	kyu.u.to.u.shi.tsu. 茶水間

給 料

きゅうりょう

kyu.u.ryo.u.

薪水、工資

例句

給料日だから、ご褒美に贅沢なスイーツでも買っちゃおうかな。

kyu.u.ryo.u.bi.da.ka.ra./ go.ho.u.bi.ni.ze.i.ta.ku.na.su.i.i.tsu.de.mo.ka.ccha.o.u.ka.na.

今天是發薪日，在想要不要買奢侈的甜點來犒賞自己呢？

類詞

年末ボーナス ねんまつ	ne.n.ma.tsu.bo.o.na.su. 年終獎金
残 業 代 ざんぎょうだい	za.n.gyo.u.da.i. 加班費
通勤手当 つうきんてあて	tsu.u.ki.n.te.a.te. 交通費補助
皆勤手当 かいきんてあて	ka.i.ki.n.te.a.te. 全勤獎金
社畜 しゃちく	sha.chi.ku. 為公司賣命的奴隸
奮発 ふんぱつ	fu.n.pa.tsu. 狠下心砸大錢

1-10

職

場

シフト
shi.fu.to
輪班

例句

バイトのシフトの日を変えたいんだけど、どういう風に言えばいいの？

ba.i.to.no.shi.fu.to.no.hi.o.ka.e.ta.i.n.da.ke.do./
do.u.i.u.fu.u.ni.i.e.ba.i.i.no.

我想改排班日，該怎麼說出口才好呢？

類詞

はやばん 早番	ha.ya.ba.n. 早班
おそばん 遅番	o.so.ba.n. 晚班
やきん 夜勤	ya.ki.n. 夜班
まかな 賄い	ma.ka.na.i. 伙食
てんび 天引き	te.n.bi.ki. 扣錢
まんび 万引き	ma.n.bi.ki. 順手牽羊

むだんけっきん
無断欠勤
mu.da.n.ke.kki.n.
無故曠職

例句

バイトを無断欠勤したら、クビになるかもしれないから、気をつけてね。

ba.i.to.o.mu.da.n.ke.kki.n.shi.ta.ra./ ku.bi.ni.na.ru.ka.mo.shi.re.na.i.ka.ra./ ki.o.tsu.ke.te.ne.

如果打工無故曠職的話,可能會被炒魷魚,要留意一下。

類詞

けっせき 欠席	ke.sse.ki. 缺席、缺課
そうたい 早退	so.u.ta.i. 早退
ひばん 非番	hi.ba.n. 沒有值班
きんたいかんり 勤怠管理	ki.n.ta.i.ka.n.ri. 出勤管理
タイムカード	ta.i.mu.ka.a.do. 出勤卡
タイムレコーダー	ta.i.mu.re.ko.o.da.a. 打卡機

時給
じ きゅう
ji.kyu.u.
時薪

例句

時給の高いアルバイトを探したいのですが、なかなか見つかりません。
じきゅう たか さが
み

ji.kyu.u.no.ta.ka.i.a.ru.ba.i.to.o.sa.ga.shi.ta.i.no.de.su.ga./ na.ka.na.ka.mi.tsu.ka.ri.ma.se.n.

我想找時薪高的兼差工作，但實在很難找。

類詞

月給 げっきゅう	ge.kkyu.u. 月薪
日払い ひばら	hi.ba.ra.i. 當日領薪
昇給 しょうきゅう	sho.u.kyu.u. 加薪
報酬 ほうしゅう	ho.u.shu.u. 報酬
年俸 ねんぽう	ne.n.po.u. 年薪
立て替え た か	ta.te.ka.e. 墊款

フリーター
fu.ri.i.ta.a.
打工族

例句

今はフリーターをやってるけど、将来は大金持
ちになってみせるからね。

i.ma.wa.fu.ri.i.ta.a.o.ya.tte.ru.ke.do./ sho.u.ra.
i.wa.o.o.ka.ne.mo.chi.ni.na.tte.mi.se.ru.ka.ra.ne.

雖然我現在是打工族，但我將來會變成超級有錢人，
等著瞧吧。

類詞

就職難	shu.u.sho.ku.na.n. 就業困難
無職	mu.sho.ku. 沒有工作
お手上げ	o.te.a.ge. 沒轍
派遣社員	ha.ke.n.sha.i.n. 派遣員工
引きこもり	hi.ki.ko.mo.ri. 家裡蹲
自宅警備員	ji.ta.ku.ke.i.bi.i.n. 自家保全（意即家裡蹲）

ていねんたいしょく

定年退職

te.i.ne.n.ta.i.sho.ku.

退休

例句

ちち　ていねんたいしょく ご　　あさ　　ばん
父は定年 退 職 後、朝から晩までテレビを見て
しんぱい
います。ちょっと心配です。

chi.chi.wa.te.i.ne.n.ta.i.sho.ku.go./ a.sa.ka.ra.
ba.n.ma.de.te.re.bi.o.mi.te.i.ma.su./ cho.tto.shi.
n.pa.i.de.su.

父親自從退休後從早到晚都在看電視，有點擔心。

類詞

いんたい 引退	i.n.ta.i. **引退**
ろうご 老後	ro.u.go. **晚年**
ねんぱい 年輩	ne.n.pa.i. **年紀大**
リストラ	ri.su.to.ra. **裁員**
とうさん 倒産	to.u.sa.n. **倒閉、破產**
かいこ 解雇	ka.i.ko. **解雇**

例句

てんきん せんぱい せんべつ なに
転勤する先輩へのちょっとしたお餞別は何がい

いでしょうか？

te.n.ki.n.su.ru.se.n.pa.i.e.no.cho.tto.shi.ta.o.se.
n.be.tsu.wa.na.ni.ga.i.i.de.sho.u.ka.

**想送點小小的餞別禮給要調走的前輩，要送什麼比較
好？**

類詞

たんしんふにん 単身赴任	ta.n.shi.n.fu.ni.n. 留下家人獨自前往調動地點 工作
こうかく 降格	ko.u.ka.ku. 降職
ひっこし 引越し	hi.kko.shi. 搬家
てんがく 転学	te.n.ga.ku. 轉學
じんじいどう 人事異動	ji.n.ji.i.do.u. 人事調動
じんじ つ てんめい 人事を尽くして天命を ま 待つ	ji.n.ji.o.tsu.ku.shi.te.te. n.me.i.o.ma.tsu. 盡人事聽天命

土下座
どげざ
do.ge.za.
下跪磕頭

例句

こんな連中に土下座をする必要なんてないから、早く帰ろう。
れんちゅう　　　　 どげざ　　　　　　　ひつよう

はや　かえ

ko.n.na.re.n.chu.u.ni.do.ge.za.o.su.ru.hi.tsu.
yo.u.na.n.te.na.i.ka.ra./ ha.ya.ku.ka.e.ro.u.

你不必向這些傢伙下跪磕頭，我們趕快回去吧。

類詞

しゃざい 謝罪	sha.za.i. **賠罪、道歉**
せいざ 正座	se.i.za. **跪坐**
しび 痺れる	shi.bi.re.ru. **發麻、麻木、陶醉**
あぐら 胡坐	a.gu.ra. **盤坐**
びんぼうゆ 貧乏揺すり	bi.n.bo.u.yu.su.ri. **抖腳**
ざぜん 座禅	za.ze.n. **打坐**

1-10
職

場

182 ── 一天五分鐘搞定
日語單字

Chapter.02

非日常

超速！語彙力レベルアップ

デート
de.e.to.
約會

例句

明日は初デートなんだけど、どんな服装で行けばいいんだろう？

a.shi.ta.wa.ha.tsu.de.e.to.na.n.da.ke.do./
do.n.na.fu.ku.so.u.de.i.ke.ba.i.i.n.da.ro.u.

明天是第一次約會，該穿什麼衣服去才好呢？

類詞

動物園 (どうぶつえん)	do.u.bu.tsu.e.n. 動物園
水族館 (すいぞくかん)	su.i.zo.ku.ka.n. 水族館
遊園地 (ゆうえんち)	yu.u.e.n.chi. 遊樂園
観覧車 (かんらんしゃ)	ka.n.ra.n.sha. 摩天輪
メリーゴーランド	me.ri.i.go.o.ra.n.do. 旋轉木馬
ジェットコースター	je.tto.ko.o.su.ta.a. 雲霄飛車

同窓会

どうそうかい

do.u.so.u.ka.i.

同學會

例句

どうそうかいしょうたいじょう とど

同窓会の招待状が届いたんだけど、参加するか

さんか

まよ

どうか迷ってる。

do.u.so.u.ka.i.no.sho.u.ta.i.jo.u.ga.to.do.i.ta.
n.da.ke.do./ sa.n.ka.su.ru.ka.do.u.ka.ma.yo.tte.
ru.

收到同學會的邀請函，很猶豫要不要參加。

類詞

ごう 合コン	go.u.ko.n. **聯誼**
み あ お見合い	o.mi.a.i. **相親**
こんしんかい 懇親会	ko.n.shi.n.ka.i. **聯歡會**
ぼうねんかい 忘年会	bo.u.ne.n.ka.i. **尾牙**
しんねんかい 新年会	shi.n.ne.n.ka.i. **春酒**
きしゃかいけん 記者会見	ki.sha.ka.i.ke.n. **記者會**

すっぽかし
su.ppo.ka.si.
爽約、放鴿子

2-1
約
束

例句

彼女にデートをすっぽかされたんだけど、電話しても返ってこなかった。

ka.no.jo.ni.de.e.to.o.su.ppo.ka.sa.re.ta.n.da.ke.do./ de.n.wa.shi.te.mo.ka.e.tte.ko.na.ka.tta.

約會被女友放鴿子，打電話給她也沒回。

類詞

ドタキャン	do.ta.kya.n. 到最後一刻才通知臨時取消
土壇場	do.ta.n.ba. 最後關頭
約束破棄	ya.ku.so.ku.ha.ki. 毀約
契約違反	ke.i.ya.ku.i.ha.n. 違反契約
前言撤回	ze.n.ge.n.te.kka.i. 收回先前説過的話
裏切り	u.ra.gi.ri. 背叛、倒戈

だいな
台無し
da.i.na.shi.
糟蹋、白費功夫

例句

こんな事をしたら、今までの努力が台無しにな
るかもしれません。

ko.n.na.ko.to.o.shi.ta.ra./ i.ma.ma.de.no.do.ryo.
ku.ga.da.i.na.shi.ni.na.ru.ka.mo.shi.re.ma.se.n.

**要是做了這種事情，之前所做的努力可能都會變成是
白費工夫。**

類詞

みず あわ 水の泡	mi.zu.no.a.wa. **白費、化為泡影**
ざんねん 残念	za.n.ne.n. **遺憾、懊悔**
あと まつ 後の祭り	a.to.no.ma.tsu.ri. **馬後炮**
あとまわ 後回し	a.to.ma.wa.shi. **往後延、緩辦**
くらい お蔵入り	o.ku.ra.i.ri. **打入冷宮**
たなあ 棚上げ	ta.na.a.ge. **擱置、束之高閣**

おもてなし
o.mo.te.na.shi.
款待客人

2-1
約
束

例句

今度、友達が遊びに来るけど、おもてなし料理は何にしようか迷うわ。

ko.n.do./ to.mo.da.chi.ga.a.so.bi.ni.ku.ru.ke.do./
o.mo.te.na.shi.ryo.u.ri.wa.na.ni.ni.shi.yo.u.ka.
ma.yo.u.wa.

下次有朋友要來玩，不曉得該做什麼料理款待客人才好呢。

類詞

ご馳走	go.chi.so.u. 奔走、款待
振る舞い	fu.ru.ma.i. 舉止動作、款待
恩義	o.n.gi. 恩情
報い	mu.ku.i. 報酬、報應
接客	se.kkya.ku. 接待客人
奢る	o.go.ru. 請客、奢侈

待ち伏せ
ま ぶ

ma.chi.bu.se.

埋伏

例句

昨日の放課後、先輩が変な人に待ち伏せされて
きのう ほうかご せんぱい へん ひと ま ぶ
いたのを見たんです。
み

ki.no.u.no.ho.u.ka.go./ se.n.pa.i.ga.he.n.na.hi.to.
ni.ma.chi.bu.se.sa.re.te.i.ta.no.o.mi.ta.n.de.su.

昨天放學後，我看到有一個奇怪的人在埋伏學長。

類詞

ストーカー	su.to.o.ka.a. **跟蹤狂**
不審者 **ふしんしゃ**	fu.shi.n.sha. **可疑的人**
変わり者 **か もの**	ka.wa.ri.mo.no. **怪人**
盗撮 **とうさつ**	to.u.sa.tsu. **偷拍**
追跡 **ついせき**	tsu.i.se.ki. **追蹤、追緝**
お巡りさん **まわ**	o.ma.wa.ri.sa.n. **警察**

初対面
しょたいめん

sho.ta.i.me.n.

初次見面

例句

初対面なのに、なんか親近感湧いちゃったの。
しょたいめん　　　　　　　　しんきんかん　わ

これってもしかして運命の人？
うんめい　ひと

sho.ta.i.me.n.na.no.ni./ na.n.ka.shi.n.ki.n.ka.
n.wa.i.cha.tta.no./ ko.re.tte.mo.shi.ka.shi.
te.u.n.me.i.no.hi.to.

明明是初次見面，卻有種親近感湧上心頭，他該不會
就是我的真命天子吧？

類詞

顔合わせ かおあ	ka.o.a.wa.se. 碰面
会合 かいごう	ka.i.go.u. 聚會、集會
冒頭 ぼうとう	bo.u.to.u. 文章或談話的開頭
音頭 おんど	o.n.do. 領唱、發起人
言い出しっぺ い　だ	i.i.da.shi.ppe. 誰先開口誰就倒楣該做事
百聞は一見に如かず ひゃくぶん　いっけん　し	hya.ku.bu.n.wa.i.kke.n.ni. shi.ka.zu. 百聞不如一見

無言

むごん

mu.go.n.

沉默、無言

例句

誰かと話してて、話題が無くなって無言が続い
てしまうと、気まずいよね。

da.re.ka.to.ha.na.shi.shi.te.te./ wa.da.i.ga.na.ku.
na.tte.mu.go.n.ga.tsu.zu.i.te.shi.ma.u.to./ ki.ma.
zu.i.yo.ne.

和別人講話的時候，如果沒有話題還陷入一片沉默，
這樣很尷尬吧。

類詞

暗黙の了解 あんもく りょうかい	a.n.mo.ku.no.ryo.u.ka.i. 默契
内気 うちき	u.chi.ki. 靦腆
饒舌 じょうぜつ	jo.u.ze.tsu. 喋喋不休
絶句 ぜっく	ze.kku. 無言以對、忘詞
口減らず くちへ	ku.chi.he.ra.zu. 嘴硬不服輸的人
早口言葉 はやくちことば	ha.ya.ku.chi.ko.to.ba. 繞口令

誘い
さそ
sa.so.i.
邀請、引誘

例句

せっかくのお誘いだけど、ちょっと用事があるの。ごめん、また今度誘ってね。

se.kka.ku.no.o.sa.so.i.da.ke.do./ cho.tto.yo.u.ji.ga.a.ru.no./ go.me.n./ ma.ta.ko.n.do.sa.so.tte.ne.

謝謝你的邀請，但是我有點事。抱歉，下次再約吧。

類詞

罠 わな	wa.na. 圈套、陷阱
色仕掛け いろじか	i.ro.ji.ka.ke. 色誘
美人局 つつもたせ	tsu.tsu.mo.ta.se. 仙人跳
悪巧み わるだく	wa.ru.da.ku.mi. 陰謀、詭計
急用 きゅうよう	kyu.u.yo.u. 急事
用件 ようけん	yo.u.ke.n. 事情

待ち合わせ時間
ま あ じ かん

ma.chi.a.wa.se.ji.ka.n.

約定時間

例句

わたし ち こくじょうしゅうはん
私 は遅刻常習犯で、いつも待ち合わせ時間に 10
ぷんほどおく
分 程遅れてしまいます。

wa.ta.shi.wa.chi.ko.ku.jo.u.shu.u.ha.n.de./ i.tsu.
mo.ma.chi.a.wa.se.ji.ka.n.ni.ju.u.ppu.n.ho.
do.o.ku.re.te.shi.ma.i.ma.su.

我是遲到慣犯者，常常在約定時間十分鐘後才會抵達。

類詞

たいくつ 退屈しのぎ	ta.i.ku.tsu.shi.no.gi. 消磨時間
たいくつ 退屈	ta.i.ku.tsu. 無聊
ま じかん 待ち時間	ma.chi.ji.ka.n. 等待時間
ま う 待ち受け	ma.chi.u.ke. 等待、手機的待機畫面
ねぼう 寝坊	ne.bo.u. 貪睡晚起
じゅうたい 渋滞	ju.u.ta.i. 塞車

Track
098

あめ
雨
a.me.
雨

例句

やばい！雨が降ってきた！洗濯物を早く取り込まないと。

ya.ba.i./ a.me.ga.fu.tte.ki.ta./ se.n.ta.ku.mo.no.o.ha.ya.ku.to.ri.ko.ma.na.i.to.

糟糕！下雨了！得趕快把衣服收進來才行。

類詞

雨宿り	a.ma.ya.do.ri. 躲雨
大雨	o.o.a.me. 傾盆大雨
曇り	ku.mo.ri. 陰天
雨上がり	a.me.a.ga.ri. 雨停後
虹	ni.ji. 彩虹
梅雨	tsu.yu. 梅雨

2-2
自
然

日語單字

晴れ
ha.re.
晴朗、晴天

例句

関東地方は午前中は晴れますが、午後はにわか雨が降るでしょう。

ka.n.to.u.chi.ho.u.wa.go.ze.n.chu.u.wa.ha.re.ma.su.ga./ go.go.wa.ni.wa.ka.a.me.ga.fu.ru.de.sho.u.

關東地區上午將是好天氣，下午可能會降下驟雨。

類詞

快晴	ka.i.se.i. 萬里無雲
輝き	ka.ga.ya.ki. 光輝
キラキラ	ki.ra.ki.ra. 閃爍、耀眼
木漏れ日	ko.mo.re.bi. 從樹間灑落的陽光
晴れ着	ha.re.gi. 盛裝
照る照る坊主	te.ru.te.ru.bo.u.zu. 晴天娃娃

きり
霧
ki.ri.

霧、噴霧

例句

きょう あさ きり き うんてん
今日は朝からすごい霧ですよ。気をつけて運転
してくださいね。

kyo.u.wa.a.sa.ka.ra.su.go.i.ki.ri.de.su.yo./
ki.o.tsu.ke.te.u.n.te.n.shi.te.ku.da.sa.i.ne.

今天從一大早就有濃霧，開車的時候要小心喔。

類詞

けむり 煙	ke.mu.ri. 煙
たばこ 煙草	ta.ba.ko. 香菸
きり 桐	ki.ri. 梧桐
き くち 切り口	ki.ri.ku.chi. 切斷面
きりふ き 霧吹き器	ki.ri.fu.ki.ki. 噴霧器
もやもや	mo.ya.mo.ya. 朦朧、模糊

かぜ
風
ka.ze.
風

例句

今日は風が少し騒がしいな。雨が降る前に早く帰ろうか。

kyo.u.wa.ka.ze.ga.su.ko.shi.sa.wa.ga.shi.i.na./
a.me.ga.fu.ru.ma.e.ni.ha.ya.ku.ka.e.ro.u.ka.

今天的風有些喧囂啊，趁著還沒下雨之前趕快回去好了。

類詞

南風	mi.na.mi.ka.ze. 南風、夏季的風
潮風	shi.o.ka.ze. 海風
凪	na.gi. 風平浪靜
嵐	a.ra.shi. 暴風雨
雷	ka.mi.na.ri. 雷
稲妻	i.na.zu.ma. 閃電

Track
100

春
は る
ha.ru.
春天

2-2
自
然

例句

今が旬の春野菜といえば、そう！セロリとアスパラですよ！

いま しゅん はるやさい

i.ma.ga.shu.n.no.ha.ru.ya.sa.i.to.i.e.ba./ so.u./ se.ro.ri.to.a.su.pa.ra.de.su.yo.

說到現正盛產的春季蔬菜，沒錯！就是芹菜跟蘆筍喔！

類詞

始まり はじ	ha.ji.ma.ri. 開始、開端
出会い で あ	de.a.i. 邂逅、碰見
桜前線 さくらぜんせん	sa.ku.ra.ze.n.se.n. 預測各地櫻花何時盛開的預報
花粉対策 か ふんたいさく	ka.fu.n.ta.i.sa.ku. 抑制花粉過敏症狀的方法
ゴールデンウィーク	go.o.ru.de.n.wi.i.ku. 黃金週連續假期
五月病 ご がつびょう	go.ga.tsu.byo.u. 黃金週後的的收假症候群

夏
な つ
na.tsu.
夏天

例句

今年の夏は猛暑になるそうです。皆さん、
熱中症に注意してくださいね。

ko.to.shi.no.na.tsu.wa.mo.u.sho.ni.na.ru.so.
u.de.su./ mi.na.sa.n./ ne.cchu.u.sho.u.ni.chu.
u.i.shi.te.ku.da.sa.i.ne.

聽説今年夏天會很炎熱，大家小心別中暑了。

類詞

夏祭り	na.tsu.ma.tsu.ri. 夏日祭典
浴衣	yu.ka.ta. 浴衣（比較簡便的和服）
水着	mi.zu.gi. 泳裝
納涼	no.u.ryo.u. 乘涼
花火大会	ha.na.bi.ta.i.ka.i. 煙火大會
スイカ割り	su.i.ka.wa.ri. 蒙眼用木棍打西瓜的遊戲

秋
あき
a.ki.
秋天

例句

サンマは秋の味覚を代表する魚として知られているそうです。

sa.n.ma.wa.a.ki.no.mi.ka.ku.o.da.i.hyo.u.su.ru.sa.ka.na.to.shi.te.shi.ra.re.te.i.ru.so.u.de.su.

據説秋刀魚是最能代表秋季美食的魚。

類詞

山登り やまのぼ	ya.ma.no.bo.ri. **爬山**
楓 かえで	ka.e.de. **楓樹**
紅葉狩り もみじが	mo.mi.ji.ga.ri. **賞楓**
焼き芋 や いも	ya.ki.i.mo. **烤番薯**
椎茸 しいたけ	shi.i.ta.ke. **香菇**
食欲の秋 しょくよく あき	sho.ku.yo.ku.no.a.ki. **食欲之秋**

ふゆ
冬
fu.yu.
冬天

例句

冬の朝は寒いし、眠いし、お布団が暖かいから、
起きられないんだ。

fu.yu.no.a.sa.wa.sa.mu.i.shi./ ne.mu.i.shi./ o.fu.
to.n.ga.a.ta.ta.ka.i.ka.ra. / o.ki.ra.re.na.i.n.da.

冬天的早晨很冷，我又想睡，而且棉被很溫暖，所以
我很難起床。

類詞

みかん 蜜柑	mi.ka.n. 橘子
こたつ 炬燵	ko.ta.tsu. 日式被爐桌
としこし そば 年越し蕎麦	to.shi.ko.shi.so.ba. 跨年吃的蕎麥麵
おおみそか 大晦日	o.o.mi.so.ka. 除夕
はつもうで 初詣	ha.tsu.mo.u.de. 新年參拜
おせちりょうり 御節料理	o.se.chi.ryo.u.ri. 日本年菜

2-2
自
然

雪
ゆき

yu.ki.

雪

例句

吹雪で電車が立ち往生していたため、一部の列車に遅れがでています。

fu.bu.ki.de.de.n.sha.ga.ta.chi.o.u.jo.u.shi.te.i.ta.ta.me./ i.chi.bu.no.re.ssha.ni.o.ku.re.ga.de.te.i.ma.su.

因暴風雪影響讓電車動彈不得，部分列車將會延遲到站時間。

類詞

雪模様	yu.ki.mo.yo.u. 天候像要下雪的樣子
雪崩	na.da.re. 雪崩
雪だるま	yu.ki.da.ru.ma. 雪人
雪合戦	yu.ki.ga.sse.n. 打雪仗
カキ氷	ka.ki.go.o.ri. 剉冰
白雪姫	shi.ra.yu.ki.hi.me. 白雪公主

衣替え
こ ろ も が
ko.ro.mo.ga.e.
（衣服）換季

例句

そろそろ衣替えの時期だと思ってるけど、まだまだ朝夕は寒いんだよね。

so.ro.so.ro.ko.ro.mo.ga.e.no.ji.ki.da.to.o.mo.tte.ru.ke.do./ ma.da.ma.da.a.sa.yu.u.wa.sa.mu.i.n.da.yo.ne.

雖然差不多該是換季的時候了，但早晚還是會冷呢。

類詞

着替え	ki.ga.e. 換衣服
夏服	na.tsu.fu.ku. 夏季服
冬服	fu.yu.fu.ku. 冬季服
制服	se.i.fu.ku. 制服
セーラー服	se.e.ra.a.fu.ku. 水手服
学ラン	ga.ku.ra.n. 立領制服

蒸し暑い
mu.shi.a.tsu.i.
悶熱

例句

連日蒸し暑い日が続いておりますが、いかがお過ごしでしょうか？

re.n.ji.tsu.mu.shi.a.tsu.i.hi.ga.tsu.zu.i.te.o.ri.ma.su.ga./ i.ka.ga.o.su.go.shi.de.sho.u.ka.

接連數日氣候悶熱，不知您近來是否安好？

類詞

暑苦しい	a.tsu.ku.ru.shi.i. 熱得難受的
肌寒い	ha.da.za.mu.i. 稍有涼意的
ほかほか	ho.ka.ho.ka. 熱呼呼
温もり	nu.ku.mo.ri. 溫暖
暖房	da.n.bo.u. 暖氣設備
冷房	re.i.bo.u. 冷氣設備

2-2
自
然

たいふう
台風
ta.i.fu.u.

颱風

例句

明日の野球の試合は、台風の影響で中止になったんだって。

a.shi.ta.no.ya.kyu.u.no.shi.a.i.wa./ ta.i.fu.u.no.
e.i.kyo.u.de.chu.u.shi.ni.na.tta.n.da.tte.

聽説明天的棒球比賽因為颱風影響就暫停了。

類詞

お天気キャスター	o.te.n.ki.kya.su.ta.a. 氣象播報員
アナウンサー	a.na.u.n.sa.a. 播報員
大雪注意報	o.o.yu.ki.chu.u.i.ho.u. 大雪警報
番組	ba.n.gu.mi. 節目
ラジオ番組	ra.ji.o.ba.n.gu.mi. 廣播節目
新番組	shi.n.ba.n.gu.mi. 新節目

季節感
きせつかん

ki.se.tsu.ka.n.

季節感

例句

<ruby>季節感<rt>きせつかん</rt></ruby>を<ruby>取<rt>と</rt></ruby>り<ruby>入<rt>い</rt></ruby>れる<ruby>失敗<rt>しっぱい</rt></ruby>しない<ruby>服選<rt>ふくえら</rt></ruby>びにはいくつかのコツがあります。

ki.se.tsu.ka.no.to.ri.i.re.ru.shi.ppa.i.shi.na.i.fu.ku.e.ra.bi.ni.wa.i.ku.tsu.ka.no.ko.tsu.ga.a.ri.ma.su.

想要挑選有季節感又不會出錯的衣服是有幾個訣竅的。

2-2 自 然

類詞

清潔感 せいけつかん	se.i.ke.tsu.ka.n. 清潔、清爽感
脱力感 だつりょくかん	da.tsu.ryo.ku.ka.n. 無力感
満腹感 まんぷくかん	ma.n.pu.ku.ka.n. 飽足感
緊張感 きんちょうかん	ki.n.cho.u.ka.n. 緊張感
信頼感 しんらいかん	shi.n.ra.i.ka.n. 信賴感
抵抗感 ていこうかん	te.i.ko.u.ka.n. 反感

宇宙

うちゅう

u.chu.u.

宇宙

例句

いつの頃からか、宇宙飛行士になることを諦め
ていた。

i.tsu.no.ko.ro.ka.ra.ka./ u.chu.u.hi.ko.u.shi.ni.na.
ru.ko.to.o.a.ki.ra.me.te.i.ta.

不知從什麼時候開始，我放棄了要成為太空人的夢想。

類詞

宇宙人 うちゅうじん	u.chu.u.ji.n. 外星人
惑星 わくせい	wa.ku.se.i. 行星
天の川 あま がわ	a.ma.no.ga.wa. 銀河
ほうき星 ぼし	ho.u.ki.bo.shi. 彗星
流れ星 なが ぼし	na.ga.re.bo.shi. 流星
一番星 いちばんぼし	i.chi.ba.n.bo.shi. 傍晚時第一顆出現的星星

でんわ
電話
de.n.wa.
電話

例句

お電話ありがとうございます。花畑株式会社
でございます。

o.de.n.wa.a.ri.ga.to.u.go.za.i.ma.su./ ha.na.
ba.ta.ke.ka.bu.si.ki.ga.i.sha.de.go.za.i.ma.su.

感謝您的來電，這裡是花田股份有限公司。

類詞

めいわくでんわ 迷惑電話	me.i.wa.ku.de.n.wa. 騷擾電話
オレオレ詐欺	o.re.o.re.sa.gi. 詐騙電話
でんわばんごう 電話番号	de.n.wa.ba.n .go. 電話號碼
つうわ 通話	tsu.u.wa. 用電話交談
よ だ 呼び出し	yo.bi.da.shi. 叫來、傳喚
でんわおうたい 電話応対のマナー	de.n.wa.o.u.ta.i.no. ma.na.a. 電話應對的禮儀

スマートフォン

su.ma.a.to.fo.n.

智慧型手機

例句

スマートフォンの普及によって、ネット依存症
にかかる人が急増している。
su.ma.a.to.fo.n.no.fu.kyu.u.ni.yo.tte./ ne.tto.i.zo.
n.sho.u.ni.ka.ka.ru.hi.to.ga.kyu.u.zo.u.shi.te.i.ru.
智慧型手機普及造成網路成癮症患者急速增加。

類詞

携帯	ke.i.ta.i. 手機
携帯ストラップ	ke.i.ta.i.su.to.ra.ppu. 手機吊飾
アプリ	a.pu.ri. 應用程式
着信音	cha.ku.shi.n.o.n. 手機鈴聲
着信拒否	cha.ku.shi.n.kyo.hi. 拒接來電
圏外	ke.n.ga.i. 手機收不到訊號

メール
me.e.ru.
電子郵件

例句

よかったら、メールアドレスを教（おし）えてもらって
いいですか？

yo.ka.tta.ra./ me.e.ru.a.do.re.su.o.o.shi.e.te.
mo.ra.tte.i.i.de.su.ka.

方便的話，可以告訴我你的電子郵件地址嗎？

類詞

受信箱（じゅしんばこ）	ju.shi.n.ba.ko. 收件匣
下書き保存（したがき ほぞん）	shi.ta.ga.ki.ho.zo.n. 儲存草稿
差出人（さしだしにん）	sa.shi.da.shi.ni.n. 送件者
宛先（あてさき）	a.te.sa.ki. 收件者
ごみ箱（ばこ）	go.mi.ba.ko. 垃圾桶
スパム	su.pa.mu. 廣告、垃圾郵件

2-3
コミュニケーション

あいさつ
挨拶
a.i.sa.tsu.
打招呼

例句

あいさつ かえ
挨拶が返ってこなかったら、すごくテンション
さ
下がるんだ。

a.i.sa.tsu.ga.ka.e.tte.ko.na.ka.tta.ra./ su.go.
ku.te.n.sho.n.sa.ga.ru.n.da.

如果打了招呼對方沒有回應，就會覺得很沒勁。

類詞

れいぎただ 礼儀正しい	re.i.gi.ta.da.shi.i. 謙恭有禮
じぎ お辞儀	o.ji.gi. 鞠躬行禮
さほう 作法	sa.ho.u. 禮節、規矩
れい お礼	o.re.i. 道謝、酬謝
えしゃく 会釈	e.sha.ku. 微微點頭打招呼
ていちょう 丁重	te.i.cho.u. 鄭重的

てがみ
手紙
te.ga.mi.
書信

例句

かのじょ じんせい おお か さしだしにんふめい
彼女の人生を大きく変えたのは、差出人不明の
いっつう てがみ
一通の手紙だったのだ。

ka.no.jo.no.ji.n.se.i.o.o.o.ki.ku.ka.e.ta.no.wa.
sa.shi.da.shi.ni.n.fu.me.i.no.i.ttsu.u.no.te.ga.
mi.da.tta.no.da.

一封寄件人不詳的信大大改變了她的人生。

類詞

たよ お便り	o.ta.yo.ri. 來信、消息
はがき 葉書	ha.ga.ki. 明信片
きって 切手	ki.tte. 郵票
かきとめ 書留	ka.ki.to.me. 掛號
ふうとう 封筒	fu.u.to.u. 信封
びんせん 便箋	bi.n.se.n. 信紙

お知らせ
し
o.shi.ra.se.
通知

例句

詳細は後ほどお知らせいたしますので、少々
お待ちください。

sho.u.sa.i.wa.no.chi.ho.do.o.shi.ra.se.i.ta.shi.
ma.su.no.de./ sho.u.sho.u.o.ma.chi.ku.da.sa.i.

相關細節後續會通知您，敬請耐心等候。

類詞

朗報	ro.u.ho.u. **好消息、喜訊**
告げ口	tsu.ge.gu.chi. **告密**
広報活動	ko.u.ho.u.ka.tsu.do.u. **宣傳活動**
掲示板	ke.i.ji.ba.n. **公布欄**
前触れ	ma.e.bu.re. **預先通知、前兆**
次回予告	ji.ka.i.yo.ko.ku. **下集預告**

2-3
コミュニケーション

雑談
ざつだん

za.tsu.da.n.

閒聊

例句

雑談力をつけるには、話のネタを大量にストックしておくことです。
ざつだんりょく　　　　　はなし　　　　　たいりょう

za.tsu.da.n.ryo.ku.o.tsu.ke.ru.ni.wa./ ha.na.shi.no.ne.ta.o.ta.i.ryo.u.ni.su.to.kku.shi.te.o.ku.ko.to.de.su.

想練就聊天術必需事先累積大量的談話題材。

類詞

無駄話 むだばなし	mu.da.ba.na.shi. 毫無意義的閒聊
他愛もない話 たあい　　　はなし	ta.a.i.mo.na.i.ha.na.shi. 沒有內容的閒聊
話に花が咲く はなし はな さ	ha.na.shi.ni.ha.na.ga.sa.ku. 聊天越聊越起勁
土産話 みやげばなし	mi.ya.ge.ba.na.shi. 旅遊所見所聞
噂話 うわさばなし	u.wa.sa.ba.na.shi. 閒話、謠言
くだらない	ku.da.ra.na.i. 無益、無聊的

くちぐるま
口車
ku.chi.gu.ru.ma.
花言巧語

例句

店員さんの口車に乗せられて必要ないものを買ってしまった。

te.n.i.n.sa.n.no.ku.chi.gu.ru.ma.ni.no.se.ra.re.te.hi.tsu.yo.u.na.i.mo.no.o.ka.tte.shi.ma.tta.

我聽信店員的話上當買了根本不需要的東西。

類詞

口説き文句	ku.do.ki.mo.n.ku. 甜言蜜語
胸キュン	mu.ne.kyu.n. 怦然心動
物言い	mo.no.i.i. 説法、措詞
遠回し	to.o.ma.wa.shi. 委婉、拐彎抹角
円滑	e.n.ka.tsu. 圓滿、順利
説得	se.tto.ku. 説服

くちぐせ
口癖
ku.chi.gu.se.
口頭禪、説話特徵

例句

いつの間にか語尾に「ニャン」をつけるのが
口癖になっていた。

i.tsu.no.ma.ni.ka.go.bi.ni./ nya.n./ o.tsu.ke.ru.
no.ga.ku.chi.gu.se.ni.na.tte.i.ta.

**不知不覺中開始習慣在每句話的句尾都加上一聲
「喵」。**

類詞

私語	shi.go. 竊竊私語
耳打ち	mi.mi.u.chi. 耳語
口止め料	ku.chi.do.me.ryo.u. 遮口費
悪癖	a.ku.he.ki. 壞習慣
怠け癖	na.ma.ke.gu.se. 有偷懶的習慣
怠け者	na.ma.ke.mo.no. 懶人

皮肉

ひ に く

hi.ni.ku.

諷刺、挖苦

例句

皮肉を言ってるつもりがなくても、皮肉に聞こえることもある。

hi.ni.ku.o.i.tte.ru.tsu.mo.ri.ga.na.ku.te.mo./ hi.ni.ku.ni.ki.ko.e.ru.ko.to.mo.a.ru.

就算說者無心諷刺，但有時候聽者聽著卻像是挖苦。

類詞

毒舌 どくぜつ	do.ku.ze.tsu. 尖酸刻薄挖苦人的話
冗談 じょうだん	jo.u.da.n. 玩笑話
からかう	ka.ra.ka.u. 戲弄、開玩笑
言い掛かり い が	i.i.ga.ka.ri. 找碴、藉口
難癖 なんくせ	na.n.ku.se. 缺點、毛病
非難 ひなん	hi.na.n. 譴責

無礼講
ぶれいこう

bu.re.i.ko.u.

宴會中不分輩分地位盡情享樂

例句

今日は無礼講だ。さあ、仕事の事は忘れてどんどん飲んでくれよ！

kyo.u.wa.bu.re.i.ko.u.da./ sa.a./ shi.go.to.no.ko.to.wa.wa.su.re.te.do.n.do.n.no.n.de.ku.re.yo.

今天不必拘束。來吧，大家忘掉工作盡情喝個夠！

類詞

ため口	ta.me.ku.chi. 説話口氣沒大沒小
ダメ出し	da.me.da.shi. 指出對方的錯誤或缺點
下克上	ge.ko.ku.jo.u. 以下犯上
建前	ta.te.ma.e. 場面話
本音	ho.n.ne. 真心話
ぶつぶつ	bu.tsu.bu.tsu. 嘮嘮叨叨

2-3 コミュニケーション

弱音
よわね
yo.wa.ne.
洩氣話

例句

<ruby>一人<rt>ひとり</rt></ruby>で<ruby>抱え込む<rt>かか こ</rt></ruby>んじゃないぞ。たまに<ruby>弱音<rt>よわね</rt></ruby>を<ruby>吐<rt>は</rt></ruby>いてもいいから。

hi.to.ri.de.ka.ka.e.ko.mu.n.ja.na.i.zo./ ta.ma.ni.yo.wa.ne.o.ha.i.te.mo.i.i.ka.ra.

不要老是一個人背負起所有重擔，偶爾說說洩氣話也沒關係。

類詞

愚痴 ぐ ち	gu.chi. 牢騷、抱怨
鬱憤 うっぷん	u.ppu.n. 憤懣不平
苦情 くじょう	ku.jo.u. 抱怨
重荷 おもに	o.mo.ni. 重擔
落胆 らくたん	ra.ku.ta.n. 灰心、氣餒
足手まとい あしで	a.shi.de.ma.to.i. 絆腳石、礙手礙腳

物語
ものがたり
mo.no.ga.ta.ri.
故事、傳説

例句

これはペンギンを愛する一人の男の子とその
仲間の物語である。

ko.re.wa.pe.n.gi.n.o.a.i.su.ru.hi.to.ri.no.o.to.
ko.no.ko.to.so.no.na.ka.ma.no.mo.no.ga.ta.
ri.de.a.ru.

這是熱愛企鵝的一個男孩與他的夥伴的故事。

類詞

昔話	mu.ka.shi.ba.na.shi. 敘舊、民間傳説
架空	ka.ku.u. 虚構、無憑無據
実話	ji.tsu.wa. 真有其事
オリジナル作品	o.ri.gi.na.ru.sa.ku.hi.n. 原創作品
恋物語	ko.i.mo.no.ga.ta.ri. 戀愛故事
武勇伝	bu.yu.u.de.n. 英勇事蹟

怪談
かいだん
ka.i.da.n.
鬼故事

例句

怪談やめてよ！私がああいうの苦手だって知ってるでしょう。

ka.i.da.n.ya.me.te.yo./ wa.ta.shi.ga.a.a.i.u.no.
ni.ga.te.da.tte.shi.tte.ru.de.sho.u.

別再説鬼故事了！你應該知道我很怕這種東西吧。

類詞

鬼	o.ni. 鬼怪、殘忍無情的人
鬼ごっこ	o.ni.go.kko. 捉迷藏
ままごと	ma.ma.go.to. 扮家家酒
化け物	ba.ke.mo.no. 怪物
吸血鬼	kyu.u.ke.tsu.ki. 吸血鬼
悪魔	a.ku.ma. 惡魔

御伽噺
おとぎばなし

o.to.gi.ba.na.shi.

童話

例句

現実はおとぎ話のように甘くない。そんなのとうの昔から知ってる。

ge.n.ji.tsu.wa.o.to.gi.ba.na.shi.no.yo.u.ni.a.ma.ku.na.i./ so.n.na.no.to.u.no.mu.ka.shi.ka.ra.shi.tte.ru.

現實並不像童話般美好。這種事情我老早就知道了。

類詞

赤ずきん	a.ka.zu.ki.n. 小紅帽
シンデレラ	shi.n.de.re.ra. 灰姑娘
眠り姫	ne.mu.ri.hi.me. 睡美人
人魚姫	ni.n.gyo.hi.me. 小美人魚
マッチ売りの少女	ma.cchi.u.ri.no.sho.u.jo. 賣火柴的少女
裸の王様	ha.da.ka.no.o.u.sa.ma. 國王的新衣

痴話喧嘩

chi.wa.ge.n.ka.

因爭風吃醋而吵架

例句

隣の部屋からカップルの痴話喧嘩が聞こえてきたんだけど、怖いよ。

to.na.ri.no.he.ya.ka.ra.ka.ppu.ru.no.chi.wa.ge.n.ka.ga.ki.ko.e.te.ki.ta.n.da.ke.do./ ko.wa.i.yo.

從隔壁房傳來情侶的吵架聲，真可怕。

類詞

内輪揉め	u.chi.wa.mo.me. 內訌
葛藤	ka.tto.u. 糾葛
泥試合	do.ro.ji.a.i. 互揭短處
夫婦喧嘩	fu.u.fu.ge.n.ka. 夫妻吵架
喧嘩腰	ke.n.ka.go.shi. 像是要找人吵架的態度
小競り合い	ko.ze.ri.a.i. 小衝突、小糾紛

余談
よだん
yo.da.n.
多餘、不相干的話

例句

余談だけど、娘は縫いぐるみの熊が好きだから、沢山買ってあげた。

yo.da.n.de.ke.do/ mu.su.me.wa.nu.i.gu.ru.mi. no.ku.ma.ga.su.ki.da.ka.ra./ ta.ku.sa.n.ka.tte. a.ge.ta.

話說，因為我女兒喜歡布偶熊，所以我買了一堆送她。

類詞

エピソード	e.pi.so.o.do. 小插曲、趣聞軼事
自慢話 じまんばなし	ji.ma.n.ba.na.shi. 吹牛、洋洋得意的談話
裏話 うらばなし	u.ra.ba.na.shi. 內幕、祕聞
例え話 たとばなし	ta.to.e.ba.na.shi. 比喻
身の上話 みうえばなし	mi.no.u.e.ba.na.shi. 關於一生經歷的談話
打ち明け話 うあばなし	u.chi.a.ke.ba.na.shi. 知心話

花言葉
は な こ と ば
ha.na.ko.to.ba.
花語

例句

口で言えないなら、花を贈ればいいんだ。花に
は花言葉があるからな。

ku.chi.de.i.e.na.i.na.ra./ ha.na.o.o.ku.re.ba.
i.i.n.da./ ha.na.ni.wa.ha.na.ko.to.ba.ga.a.ru.
ka.ra.na.

説不出口的話，就送花吧。花啊，可是有花語的喔。

類詞

椿	tsu.ba.ki. 山茶花
朝顔	a.sa.ga.o. 牽牛花
紫陽花	a.ji.sa.i. 繡球花
向日葵	hi.ma.wa.ri. 向日葵
ユリ	yu.ri. 百合
タンポポ	ta.n.po.po. 蒲公英

まんいん
満員
ma.n.i.n.
額滿、客滿

例句

あのフランス料理店は平日でも満員なお店なので、予約推奨です。

a.no.fu.ra.n.su.ryo.u.ri.te.n.wa.he.i.ji.tsu.de.mo.
ma.n.i.n.na.o.mi.se.na.no.de./ yo.ya.ku.su.i.sho.
u.de.su.

那家法國餐廳連平常日都會客滿，所以建議事先預約。

類詞

まんいんおんれい 満員御礼	ma.n.i.n.o.n.re.i. 客滿致謝
たっぷり	ta.ppu.ri. 充分的
ぎっしり	gi.sshi.ri. 滿滿的
ひとにぎ 一握り	hi.to.ni.gi.ri. 一把、一小撮的量、少數
ていっぱい 手一杯	te.i.ppa.i. 竭盡全力、忙得不可開交
せいいっぱい 精一杯	se.i.i.ppa.i. 竭盡全力

くうこう
空港
ku.u.ko.u.
機場

例句

空港には出発時間のどれぐらい前に着いておく
べきでしょうか？

ku.u.ko.u.ni.wa.shu.ppa.tsu.ji.ka.n.no.do.re.
gu.ra.i.ma.e.ni.tsu.i.te.o.ku.be.ki.de.sho.u.ka.

應該要在出發時刻多久前提早抵達機場？

類詞

こうくうびん 航空便	ko.u.ku.u.bi.n. 航空郵件
てにもつ 手荷物	te.ni.mo.tsu. 隨身行李
あず にもつ 預かり荷物	a.zu.ka.ri.ni.mo.tsu. 托運行李
とうじょう 搭乗ゲート	to.u.jo.u.ge.e.to. 登機口
の つ 乗り継ぎ	no.ri.tsu.gi. 轉機
きないしょく 機内食	ki.na.i.sho.ku. 飛機餐

きっぷ
切符
ki.ppu.
車票、入場券

例句

やばい！財布と切符がなくなった。まさか誰か
に盗まれたとか？

ya.ba.i./ sa.i.fu.to.ki.ppu.ga.na.ku.na.tta./ ma.sa.
ka.da.re.ka.ni.nu.su.ma.re.ta.to.ka.

糟糕！錢包跟車票都不見了。該不會是被偷了吧？

類詞

かたみちきっぷ 片道切符	ka.ta.mi.chi.ki.ppu. 單程票
きっぷう ば 切符売り場	ki.ppu.u.ri.ba. 售票處
がくわり 学割	ga.ku.wa.ri. 學生優惠
わりびき シニア割引	si.ni.a.wa.ri.bi.ki. 長者優惠
だんたいわりびき 団体割引	da.n.ta.i.wa.ri.bi.ki. 團體優惠
おうふくわりびき 往復割引	o.u.fu.ku.wa.ri.bi.ki. 來回優惠票

自販機
じ.は.ん.き.
ji.ha.n.ki.
自動販賣機

例句

自販機に二百円を入れて、缶コーヒーを押したら、何も出てこなかった。

ji.ha.n.ki.ni.ni.hya.ku.e.n.o.i.re.te./ ka.n.ko.o.hi.i.o.o.shi.ta.ra./ na.ni.mo.de.te.ko.na.ka.tta.

投了兩百元到自動販賣機裡，按了罐裝咖啡的按鈕，結果什麼都沒掉出來。

類詞

故障	ko.sho.u. 故障
メンテナンス中	me.n.te.na.n.su.chu.u. 維修中
両替	ryo.u.ga.e. 換錢
小銭	ko.ze.ni. 零錢
食券	sho.kke.n. 餐券
整理券	se.i.ri.ke.n. 號碼牌

駅前
えきまえ
e.ki.ma.e.
站前、車站附近

例句

駅前の商店街にコロッケが美味しい店があると
聞いて行ってきました。
e.ki.ma.e.no.sho.u.te.n.ga.i.ni.ko.ro.kke.ga.o.i.
shi.i.mi.se.ga.a.ru.to.ki.i.te.i.tte.ki.ma.shi.ta.
聽說車站前的商店街有家賣的可樂餅很好吃，於是我
就去吃了。

類詞

ホーム	ho.o.mu. 月台
席を譲る	se.ki.o.yu.zu.ru. 讓座
優先席	yu.u.se.n.se.ki. 博愛座
指定席	shi.te.i.se.ki. 指定座位
最寄り駅	mo.yo.ri.e.ki. 最近的車站
改札口	ka.i.sa.tsu.gu.chi. 剪票口

ガソリンスタンド
ga.so.ri.n.su.ta.n.do.
加油站

例句

ガソリンスタンドでバイトをしていますけど、
やめたいと思っています。
ga.so.ri.n.su.ta.n.do.de.ba.i.to.o.shi.te.i.ma.
su.ke.do./ ya.me.ta.i.to.o.mo.tte.i.ma.su.
我在加油站打工，在考慮要不要辭掉這份工作。

類詞

満タン	ma.n.ta.n. 加滿
無鉛ガソリン	mu.e.n.ga.so.ri.n. 無鉛汽油
燃料	ne.n.ryo.u. 燃料
エンジン	e.n.ji.n. 引擎
アスファルト	a.su.fa.ru.to. 柏油、瀝青
サービスエリア	sa.a.bi.su.e.ri.a. 高速公路休息站

ブレーキ
bu.re.e.ki.
油門

例句

アクセルとブレーキを踏み間違えて、危うく
事故になるところでした。
a.ku.se.ru.to.bu.re.e.ki.o.fu.mi.ma.chi.ga.e.te./
a.ya.u.ku.ji.ko.ni.na.ru.to.ko.ro.de.shi.ta.

踩剎車踩錯誤踩成油門，差點釀成大禍。

2-4
交
通

類詞

運転席	u.n.te.n.se.ki. **駕駛座**
助手席	jo.shu.se.ki. **副駕駛座**
シートベルト	si.i.to.be.ru.to. **安全帶**
チャイルドシート	cha.i.ru.do.si.i.to. **兒童安全座椅**
ワイパー	wa.i.pa.a. **雨刷**
エンスト	e.n.su.to. **熄火**

ヘルメット

he.ru.me.tto.

安全帽

例句

帽子（ぼうし）やヘルメットを被（かぶ）ると、外（はず）した時（とき）に髪（かみ）がぐちゃぐちゃになるよね。

bo.u.shi.ya.he.ru.me.tto.o.ka.bu.ru.to./ ha.zu.shi.ta.to.ki.ni.ka.mi.ga.gu.cha.gu.cha.ni.na.ru.yo.ne.

每次戴完帽子或安全帽拿下來的時候，頭髮總是會變得一團糟呢。

類詞

マスク	ma.su.ku. 口罩、面膜
信号待（しんごうま）ち	shi.n.go.u.ma.chi. 等紅綠燈
中古（ちゅうこ）バイク	chu.u.ko.ba.i.ku. 中古摩托車
部品（ぶひん）	bu.hi.n. 零件
施錠（せじょう）	se.jo.u. 上鎖
盗難（とうなん）	to.u.na.n. 失竊

ママチャリ
ma.ma.cha.ri.
淑女車

例句

<ruby>自転車<rt>じてんしゃ</rt></ruby>を<ruby>買<rt>か</rt></ruby>うなら、<ruby>折<rt>お</rt></ruby>りたたみとママチャリ、どちらを<ruby>選<rt>えら</rt></ruby>びますか？

ji.te.n.sha.o.ka.u.na.ra./ o.ri.ta.ta.mi.to.ma.a.cha.ri./ do.chi.ra.o.e.ra.bi.ma.su.ka.

如果要買腳踏車的話，你會選摺疊式的還是淑女車？

類詞

ペダル	pe.da.ru. 腳踏板
タイヤ	ta.i.ya. 輪胎
<ruby>空気入<rt>くうきい</rt></ruby>れ	ku.u.ki.i.re. 打氣筒
<ruby>歯車<rt>はぐるま</rt></ruby>	ha.gu.ru.ma. 齒輪
<ruby>駐輪場<rt>ちゅうりんじょう</rt></ruby>	chu.u.ri.n.jo.u. 腳踏車停車場
<ruby>自転車競技<rt>じてんしゃきょうぎ</rt></ruby>	ji.te.n.sha.kyo.u.gi. 自行車賽

徒歩
to.ho.
歩行

例句

秋葉原駅より徒歩でお越しの場合は、20 分程かかりますが、宜しいですか？

a.ki.ha.ba.ra.e.ki.yo.ri.to.ho.de.o.ko.shi.no.ba.a.i.wa./ ni.ju.u.ppu.n.ho.do.ka.ka.ri.ma.su.ga./ yo.ro.shi.i.de.su.ka.

從秋葉原車站出發步行的話，約需 20 分鐘，這樣可以嗎？

類詞

ぶらぶら	bu.ra.bu.ra. 閒逛、搖搖晃晃
散策	sa.n.sa.ku. 散步、隨意走走
疾走	shi.sso.u. 快跑、急馳
駆け足	ka.ke.a.shi. 快步跑
滑走	ka.so.u. 滑行
七転び八起き	na.na.ko.ro.bi.ya.o.ki. 不屈不撓

しんごうむし
信号無視
shi.n.go.u.mu.shi.
闖紅燈

例句

俺はどんなに急いでいても信号無視はしないんだ。安全運転が一番だからね。

o.re.wa.do.n.na.ni.i.so.i.de.i.te.mo.shi.n.go.u.mu.shi.wa.shi.na.i.n.da./ a.n.ze.n.un.te.n.ga.i.chi.ba.n.da.ka.ra.ne.

我不管有多急都不會闖紅燈，因為安全駕駛很重要。

類詞

あかしんごう 赤信号	a.ka.shi.n.go.u. 紅燈
いんしゅうんてん 飲酒運転	i.n.shu.u.n.te.n. 酒駕
けんさ アルコール検査	a.ru.ko.o.ru.ke.n.sa. 酒精濃度檢測
むめんきょうんてん 無免許運転	mu.me.n.kyo.u.n.te.n. 無照駕駛
に ひき逃げ	hi.ki.ni.ge. 肇事逃逸
うんてん あおり運転	a.o.ri.u.n.te.n. 惡意逼車

交差点
こうさてん
ko.u.sa.te.n.

十字路口、交叉點

例句

交差点を渡る時に、左右の確認を忘れないように気をつけましょう。

ko.u.sa.te.n.o.wa.ta.ru.to.ki.ni./ sa.yu.u.no.ka.ku.ni.n.o.wa.su.re.na.i.yo.u.ni.ki.o.tsu.ke.ma.sho.u.

過路口時，別忘了要小心確認左右方是否安全。

類詞

横断歩道 おうだんほどう	o.u.da.n.ho.do.u. **斑馬線**
歩道橋 ほどうきょう	ho.do.u.kyo.u. **天橋**
大通り おおどおり	o.o.do.o.ri. **大馬路**
路地裏 ろじうら	ro.ji.u.ra. **小巷弄**
高速道路 こうそくどうろ	ko.u.so.ku.do.ro.u. **高速公路**
インターチェンジ	i.n.ta.a.che.n.ji. **交流道**

受付

うけつけ

u.ke.tsu.ke.

受理、詢問處

例句

ただいま予約受付中です。どうぞお早めにお買い求めください。

ta.da.i.ma.yo.ya.ku.u.ke.tsu.ke.chu.u.de.su./do.u.zo.o.ha.ya.me.ni.o.ka.i.mo.to.me.ku.da.sa.i.

現正接受預購，敬請盡早購買。

類詞

受付番号 うけつけばんごう	u.ke.tsu.ke.ba.n.go.u. **受理編號**
先着順受付 せんちゃくじゅんうけつけ	se.n.cha.ku.ju.n.u.ke.tsu.ke. **依先來後到順序受理**
受付窓口 うけつけまどぐち	u.ke.tsu.ke.ma.do.gu.chi. **受理窗口**
受付カウンター うけつけ	u.ke.tsu.ke.ka.u.n.ta.a. **受理櫃台**
担当者 たんとうしゃ	ta.n.to.u.sha. **負責人**
スタッフ	su.ta.ffu. **工作人員**

2-5
旅
行

チェックイン

che.kku.i.n.

辦理入住或登機手續、臉書打卡

例句

今_{いま}から行<sub>い</sub ってもホテルのチェックイン時間_{じかん}に間_まに合_あいますか？

i.ma.ka.ra.i.tte.mo.ho.te.ru.no.che.kku.i.n.ji.ka.n.ni.ma.ni.a.i.ma.su.ka.

現在出發還能趕得上旅館的入住時間嗎？

類詞

チェックアウト	che.kku.a.u.to. 退房
搭乗手続き _{とうじょうてつづき}	to.u.jo.u.te.tsu.zu.ki. 登機手續
乗り継ぎ _{のりつぎ}	no.ri.tsu.gi. 轉乘
エコノミークラス	e.ko.no.mi.i.ku.ra.su. 經濟艙
ビジネスクラス	bi.ji.ne.su.ku.ra.su. 商務艙
ファーストクラス	fa.a.su.to.ku.ra.su. 頭等艙

2-5
旅
行

あんない
案内
a.n.na.i.
嚮導

例句

わたし
私はこの辺りに詳しいので、よかったら、
みちあんない
道案内しましょうか。

wa.ta.shi.wa.ko.no.a.ta.ri.ni.ku.wa.shi.i.no.de/
yo.ka.tta.ra./ mi.chi.a.n.na.i.shi.ma.sho.u.ka.

我對這附近蠻熟的，不介意的話我來帶路吧。

類詞

みちび 導き	mi.chi.bi.ki. 引導、指導
かんこうあんない 観光案内	ka.n.ko.u.a.n.na.i. 觀光導覽
にゅうがくあんない 入学案内	nyu.u.ga.ku.a.n.na.i. 入學指南
ガイドブック	ga.i.do.bu.kku. 旅遊指南書
とりあつかいせつめいしょ 取扱説明書	to.ri.a.tsu.ka.i.se.tsu. me.i.sho. 使用説明書
てびきしょ 手引き書	te.bi.ki.sho. 初階入門書

国内ツアー
こくない
ko.ku.na.i.tsu.a.a.
國內旅遊

例句

こくない　　　　　　　い　　　　　　　おきなわ
国内ツアーに行くなら、沖縄はどう？それとも
ほっかいどう
北海道がいい？

ko.ku.na.i.tsu.a.a.ni.i.ku.na.ra./ o.ki.na.wa.
wa.do.u./ so.re.te.mo.ho.kka.i.do.u.ga.i.i.

想在國內旅遊的話，去沖繩怎麼樣？還是北海道好？

類詞

おんせん 温泉ツアー	o.n.se.n.tsu.a.a. 溫泉旅遊
かいがいりょこう 海外旅行	ka.i.ga.i.ryo.ko.u. 國外旅遊
めぐ ラーメン巡り	ra.a.me.n.me.gu.ri. 為嚐遍各地拉麵四處走透透
とこう 渡航	to.ko.u. 出國、航行
めぐ　あ 巡り合い	me.gu.ri.a.i. 邂逅、巧遇
はちあ 鉢合わせ	ha.chi.a.wa.se. 不期而遇

日帰り
ひがえ
hi.ga.e.ri.
當天來回

例句

日帰り温泉に行きたいんだけど、誰も一緒に行
ってくれない。

hi.ga.e.ri.o.n.se.n.ni.i.ki.ta.i.n.da.ke.do./ da.re.
mo.i.ssho.ni.i.tte.ku.re.na.i.

我想去能當天來回的溫泉，但沒有人願意陪我去。

類詞

蜻蛉返り とんぼがえ	to.n.bo.ga.e.ri. 到達目的地辦好事情後立即 折返
蜻蛉 とんぼ	to.n.bo. 蜻蜓
タケコプター	ta.ke.ko.pu.ta.a. 竹蜻蜓
ヘリコプター	he.ri.ko.pu.ta.a. 直昇機
2泊3日 はく か	ni.ha.ku.mi.kka. 三天兩夜
バックパッカー	ba.kku.pa.kka. 背包客

朝食付き
cho.u.sho.ku.tsu.ki.
附早餐

例句

1泊 朝 食 付きで 8000 円以下で宿泊できるホ
テルってありますか？

i.ppa.ku.cho.u.sho.ku.tsu.ki.de.ha.sse.n.e.n.i.ka.
de.shu.ku.ha.ku.de.ki.ru.ho.te.ru.tte.a.ri.ma.su.
ka.

有住一晚附早餐 8000 元以內的旅館嗎？

類詞

骨付きカルビ ほねつき	ho.ne.tsu.ki.ka.ru.bi. **帶骨肋排**
味付け海苔 あじつ のり	a.ji.tsu.ke.no.ri. **已經調味過的海苔**
味噌汁付き みそしるつき	mi.so.shi.ru.tsu.ki. **附味增湯**
冷房付き れいぼうつき	re.i.bo.u.tsu.ki. **有冷氣設備**
駐車場付き ちゅうしゃじょうつき	chu.u.sha.jo.u.tsu.ki. **有停車場**
月 極駐車場 つきぎめちゅうしゃじょう	tsu.ki.gi.me.chu.u.sha. jo.u. **按月出租車位的停車場**

2-5
旅

行

ほうこうおんち
方向音痴
ho.u.ko.u.o.n.chi.
路癡、容易迷路的人

例句

極度な方向音痴だから、道案内してくれるナビアプリがあって本当に良かった。

kyo.ku.do.na.ho.u.ko.u.o.n.chi.da.ka.ra./ mi.chi.a.n.na.i.shi.te.ku.re.ru.na.bi.a.pu.ri.ga.a.tte.ho.n.to.u.ni.yo.ka.tta.

我是超級路癡，還好有導航程式幫我指路。

類詞

音痴	o.n.chi. 五音不全的人
パソコン音痴	pa.so.ko.n.o.n.chi. 電腦白癡
運動音痴	u.n.do.u.o.n.chi. 運動白癡
向こう	mu.ko.u. 對面、另一邊
突き当たり	tsu.ki.a.ta.ri. 盡頭
袋小路	fu.ku.ro.ko.u.ji. 死巷、事情陷入僵局

しんこんりょこう
新婚旅行
shi.n.ko.n.ryo.ko.u.
蜜月旅行

例句

しんこんりょこう かいがい い
新婚旅行で海外に行くなら、グアムがいいよ。
うみ　　　　　　　きれい
海がね、すごく綺麗なの。

shi.n.ko.n.ryo.ko.u.de.ka.i.ga.i.ni.i.ku.na.ra./
gu.a.mu.ga.i.i.yo./ u.mi.ga.ne./ su.go.ku.ki.
re.i.na.no.

**如果蜜月旅行要去國外的話，我推薦去關島。那裡的
海啊，超級漂亮的喔。**

類詞

ハネムーン	ha.ne.mu.u.n. **蜜月**
ひとりたび 一人旅	hi.to.ri.ta.bi. **一個人旅行**
しゃいんりょこう 社員旅行	sha.i.n.ryo.ko.u. **員工旅遊**
にんげんかんけい 人間関係	ni.n.ge.n.ka.n.ke.i. **人際關係**
おも　で 思い出	o.mo.i.de. **回憶**
きねんしゃしん 記念写真	ki.ne.n.sha.shi.n. **紀念照**

2-5
旅

行

Track
124

デジタルカメラ
de.ji.ta.ru.ka.me.ra.
數位相機

例句

デジタルカメラが古くなったから、新しいのを
買おうかと考えている。
de.ji.ta.ru.ka.me.ra.ga.fu.ru.ku.na.tta.ka.ra./ a.ta.
ra.shi.i.no.o.ka.o.u.ka.to.ka.n.ga.e.te.i.ru.
數位相機已經舊了，在想要不要買個新的。

類詞

一眼カメラ	i.chi.ga.n.ka.me.ra 單眼相機
手ぶれ補正	te.bu.re.ho.se.i. 防手震
フラッシュ	fu.ra.sshu. 閃光燈
連写	re.n.sha. 連拍
三脚	sa.n.kya.ku. 腳架
画素	ga.so. 畫素

2-5
旅
行

スーツケース
su.u.tsu.ke.e.su.
行李箱

例句

スーツケースを買うのは初めてなんだ。どんなサイズを買えばいいの？

su.u.tsu.ke.e.su.o.ka.u.no.wa.ha.ji.me.te.na.n.da./ do.n.na.sa.i.zu.o.ka.e.ba.i.i.no.

我第一次買行李箱，要買多大尺寸的才好呢？

類詞

トランク	to.ra.n.ku. **皮箱**
キャスター	kya.su.ta.a. **滾輪**
持ち手	mo.chi.te. **手把**
ロック	ro.kku. **鎖、上鎖**
ファスナー	fa.su.na.a. **拉鍊**
ブリーフケース	bu.ri.i.fu.ke.e.su. **公事包**

こうしき
公式サイト
ko.u.shi.ki.sa.i.to.
官方網站

例句

プロモーション映像は公式サイトにて
絶賛公開中！要チェック！

pu.ro.mo.o.sho.n.e.i.zo.u.wa.ko.u.shi.ki.sa.i.to.
ni.te.ze.ssa.n.ko.u.ka.i.chu.u./ yo.u.che.kku.

宣傳影片於官網好評公開中！請不要錯過！

類詞

オークション	o.o.ku.sho.n. **拍賣**
こうしきつうはん 公式通販サイト	ko.u.shi.ki.tsu.u.ha.n.sa.i.to. **官方販售網站**
インターネット げんていはつばい 限定発売	i.n.ta.a.ne.tto.ge.n.te.i.ha.tsu.ba.i. **網路獨家限定販售**
ネット通販	ne.tto.tsu.u.ha.n. **網路販賣**
つうしんはんばい 通信販売	tsu.u.shi.n.ha.n.ba.i. **郵購**
テレビショッピング	te.re.bi.sho.ppi.n.gu. **電視購物**

ダウンロード
da.u.n.ro.o.do.
下載

例句

こちらのウェブサイトにアクセスして、アプリ
をダウンロードしてください。
ko.chi.ra.no.we.bu.sa.i.to.ni.a.ku.se.su.shi.te./
a.pu.ri.o.da.u.n.ro.o.do.shi.te.ku.da.sa.i.
請進到這個網頁後下載程應用程式。

類詞

海賊版 かいぞくばん	ka.i.zo.ku.ba.n. **盜版**
著作権 ちょさくけん	cho.sa.ku.ke.n. **著作權**
データ	de.e.ta. **資料**
動画 どうが	do.u.ga. **影片**
パクリ	pa.ku.ri. **抄襲、山寨**
真似 まね	ma.ne. **模仿、效法**

オンラインゲーム

o.n.ra.i.n.ge.e.mu.

線上遊戲

例句

お薦めの新作オンラインゲームがありましたら、教えてください。

o.su.su.me.no.shi.n.sa.ku.o.n.ra.i.n.ge.e.mu.ga.a.ri.ma.shi.ta.ra./ o.shi.e.te.ku.da.sa.i.

請問有新的線上遊戲作品值得推薦嗎？

類詞

魔法使い	ma.ho.u.tsu.ka.i. 魔法師
村人	mu.ra.bi.to. 村民
魔物退治	ma.mo.no.ta.i.ji. 驅逐魔物
経験値	ke.i.ke.n.chi. 經驗值
回復薬	ka.i.fu.ku.ya.ku. 回復藥水
防具	bo.u.gu. 防禦裝備

2-6 インターネット

オフ会
かい
o.fu.ka.i.
網友聚會

例句

例のオフ会に参加してきたんだ。知らない人ばかりだけど、楽しかった。

re.i.no.o.fu.ka.i.ni.sa.n.ka.shi.te.ki.ta.n.da./ shi.ra.na.i.hi.to.ba.ka.ri.da.ke.do./ ta.no.shi.ka.tta.

我去了那個之前説過的網聚。雖然每個人都不認識，但玩得很開心。

類詞

仮面舞踏会	ka.me.n.bu.to.u.ka.i. 面具舞會
謝恩会	sha.o.n.ka.i. 謝師宴
宴席	e.n.se.ki. 筵席
打ち上げ	u.chi.a.ge. 慶功宴
ペンフレンド	pe.n.fu.re.n.do. 筆友
ネット住民	ne.tto.ju.u.mi.n. （網路）郷民

あんしょうばんごう
暗証番号
a.n.sho.u.ba.n.go.u.
密碼

例句

ぎんこう あんしょうばんごう わす
銀行の暗証番号を忘れたのですが、どうすれば

いいでしょうか?

gi.n.ko.u.no.a.n.sho.u.ba.n.go.u.o.wa.su.re.
ta.no.de.su.ga./ do.u.su.re.ba.i.i.de.sho.u.ka.

我忘了銀行密碼,請問該怎麼辦才好?

類詞

アカウント	a.ka.u.n.to. 帳號
キャッシュカード	kya.sshu.ka.a.do. 金融卡
ハッキング	ha.kki.n.gu. 駭客
プログラム	pu.ro.gu.ra.mu. 程式
インストール	i.n.su.to.o.ru. 安裝
あ ことば 合い言葉	a.i.ko.to.ba. 通關密語、口號

キーワード

ki.i.wa.a.do.

關鍵字

例句

<ruby>詳<rt>くわ</rt></ruby>しくは、キーワード「ラムネサムライ」で<ruby>検索<rt>けんさく</rt></ruby>してください。

ku.wa.shi.ku.wa./ ki.i.wa.a.do.ra.mu.ne.sa.mu.ra.i.de.ke.n.sa.ku.shi.te.ku.da.sa.i.

詳情請上網搜尋關鍵字「彈珠汽水武士」。

類詞

<ruby>入力<rt>にゅうりょく</rt></ruby>	nyu.u.ryo.ku. 輸入
<ruby>検索<rt>けんさく</rt></ruby>	ke.n.sa.ku. 搜尋
<ruby>絞込み<rt>しぼりこ</rt></ruby>	shi.bo.ri.ko.mi. 縮小範圍
<ruby>手掛かり<rt>てが</rt></ruby>	te.ga.ka.ri. 線索
キーボード	ki.i.bo.o.do. 鍵盤
<ruby>五十音順<rt>ごじゅうおんじゅん</rt></ruby>	go.ju.u.o.n.ju.n. 依五十音順序排列

2-6
インターネット

ウェブラジオ

we.bu.ra.ji.o.

線上廣播

例句

私は、いつも可奈ちゃんのウェブラジオを楽しく拝聴しております。

wa.ta.shi.wa./ i.tsu.mo.ka.na.cha.n.no.we.bu.ra.ji.o.o.ta.no.shi.ku.ha.i.cho.u.shi.te.o.ri.ma.su.

我是可奈主持的線上廣播節目的忠實聽眾。

類詞

ラジオドラマ	ra.ji.o.do.ra.ma. 廣播劇
パーソナリティー	pa.a.so.na.ri.ti.i. 音樂、廣播節目主持人
リスナー	ri.su.na.a. 聽眾
ゲスト	ge.su.to. 來賓
生放送	na.ma.ho.u.so.u. 現場直播
司会者	shi.ka.i.sha. 司儀、會議活動主持人

投稿

とうこう

to.u.ko.u.

投稿、發文

例句

この前、漫画を初めて投稿したんだけど、才能がないって言われた。

ko.no.ma.e./ ma.n.ga.o.ha.ji.me.te.to.u.ko.u.shi.ta.n.da.ke.do./ sa.i.no.u.ga.na.i.tte.i.wa.re.ta.

最近初次投稿漫畫，但對方説我沒有這方面的才能。

類詞

読者コーナー	do.ku.sha.ko.o.na.a.	讀者單元
読者モデル	do.ku.sha.mo.de.ru.	讀者模特兒
原稿用紙	ge.n.ko.u.yo.u.shi.	稿紙
グルメブログ	gu.ru.me.bu.ro.gu.	美食部落格
人気ブロガー	ni.n.ki.bu.ro.ga.a.	人氣部落客
呟く	tsu.bu.ya.ku.	喃喃自語、發推特新文

アップロード

a.ppu.ro.o.do.

上傳

例句

写真と動画をアップロードするのにすごく時間がかかりますよね。

sha.shi.n.to.do.u.ga.o.a.ppu.ro.o.do.su.ru.no.ni.su.go.ku.ji.ka.n.ga.ka.ka.ri.ma.su.yo.ne.

上傳照片跟影片非常花時間吧。

類詞

添付	te.n.pu. 附上、添上
添付ファイル	te.n.pu.fa.i.ru. 附檔
添え物	so.e.mo.no. 贈品、附錄、配菜
転送	te.n.so.u. 轉寄
リンク	ri.n.ku. 連結
フォルダー	fo.ru.da.a. 資料夾

ネットカフェ

ne.tto.ka.fe.

網咖

例句

昨日、残業で終電を逃したから、ネットカフェに泊まっていたんだ。

ki.no.u./ za.n.gyo.u.de.shu.u.de.n.o.no.ga.shi.ta.ka.ra./ ne.tto.ka.fe.ni.to.ma.tte.i.ta.n.da.

昨天加班加太晚沒搭到最後一班電車，就住在網咖過夜了。

類詞

メイドカフェ	me.i.do.ka.fe. 女僕咖啡廳
執事	shi.tsu.ji. 管家
漫画喫茶	ma.n.ga.ki.ssa. 漫畫咖啡廳
カプセルホテル	ka.pu.se.ru.ho.te.ru. 膠囊旅館
個室	ko.shi.tsu. 單人房
ゲームセンター	ge.e.mu.se.n.ta.a. 電子遊樂場

ウィルス
wi.ru.ru.
病毒

例句

パソコンがウイルスに感染してしまったみたいで、暫く使えなさそうだ。

pa.so.ko.n.ga.wi.ru.su.ni.ka.n.se.n.shi.te.shi.ma.tta.mi.ta.i.de./ shi.ba.ra.ku.tsu.ka.e.na.sa.so.u.da.

電腦好像被病毒感染了，暫時應該是沒辦法使用了。

類詞

バグ	ba.gu. 程序錯誤
菌	ki.n. 細菌
虫歯	mu.shi.ba. 蛀牙
歯周病	shi.shu.u.byo.u. 牙周病
反っ歯	so.ppa. 暴牙
八重歯	ya.e.ba. 虎牙

例句

さいせいりれき
再生履歴ページから過去にどの動画を視聴した
かリストでご確認できます。

sa.i.se.i.ri.re.ki.pe.e.ji.ka.ra.ka.go.ni.do.no.do.
u.ga.o.shi.cho.u.shi.ta.ka.ri.su.to.de.go.ka.ku.ni.
n.de.ki.ma.su.

您可以在歷史播放記錄頁面中找到清單並確認先前曾
經收看過的影片。

類詞

ま もど 巻き戻し	ma.ki.mo.do.shi. 倒轉、倒帶
はやおく 早送り	ha.ya.o.ku.ri. 快轉
ろくが 録画	ro.ku.ga. 錄影
さいせいかいすう 再生回数	sa.i.se.i.ka.i.su.u. 播放次數
さいほうそう 再放送	sa.i.ho.u.so.u. 重播
ろくおん 録音	ro.ku.o.n. 錄音

激安
げきやす

ge.ki.ya.su.

超便宜

例句

当店は訳あり商品を激安価格で提供しております。

とうてん　わけ　しょうひん　げきやすかかく　ていきょう

to.u.te.n.wa.wa.ke.a.ri.sho.u.hi.n.no.ge.ki.ya.su.ka.ka.ku.de.te.i.kyo.u.shi.te.o.ri.ma.su.

本店瑕疵商品便宜大出清。

類詞

お得 とく	o.to.ku. 划算
格安 かくやす	ka.ku.ya.su. 超值
安い やす	ya.su.i. 便宜的
安っぽい やす	ya.su.ppo.i. 廉價的
値段 ねだん	ne.da.n. 價錢
ケチ	ke.chi. 小氣、吝嗇

仕入れ
しいい

shi.i.re.

採買、進貨

例句

築地で仕入れた新鮮な魚で作った海鮮丼は如何
ですか？

tsu.ki.ji.de.shi.i.re.ta.shi.n.se.n.na.sa.ka.na.de.
tsu.ku.tta.ka.i.se.n.do.n.wa.i.ka.ga.de.su.ka.

要不要嚐嚐看用築地新鮮魚貨做成的海鮮丼飯呢？

類詞

仕込み	shi.ko.mi. 進貨、教導
仕立て	shi.ta.te. 縫紉、培養
仕上げ	shi.a.ge. 潤飾、完成
躾	shi.tsu.ke. 管教、教養
問屋	to.n.ya. 批發商
小売商	ko.u.ri.sho.u. 零售商

売り上げ
う あ
u.ri.a.ge.
銷售額、營業額

例句

今月も売り上げ絶好調ですよ。皆さん、引き続
き頑張りましょう。

ko.n.ge.tsu.mo.u.ri.a.ge.ze.kko.u.cho.u.de.
su.yo./ mi.na.sa.n./ hi.ki.tsu.zu.ki.ga.n.ba.ri.ma.
sho.u.

這個月的銷售額也很不錯。大家繼續加油吧。

類詞

完売御礼 かんばいおんれい	ka.n.ba.i.o.n.re.i. 已售完感謝支持
売切御免 うれきれごめん	u.re.ki.re.go.me.n. 數量有限售完為止
行列 ぎょうれつ	gyo.u.re.tsu. 隊伍、排隊
順番 じゅんばん	ju.n.ba.n. 順序
最後尾 さいこうび	sa.i.ko.u.bi. 隊伍中的最末端
初回限定版 しょかいげんていばん	sho.ka.i.ge.n.te.i.ba.n. 初次發行的紀念版本

在庫あり
ざいこ
za.i.ko.a.ri.
有現貨

例句

今なら全色 在庫あります！この機会に是非お買い求めください！

（いま／ぜんしょくざいこ／きかい／ぜひ／か／もと）

i.ma.na.ra.ze.n.sho.ku.za.i.ko.a.ri.ma.su./ ko.no.ki.ka.i.ni.ze.hi.o.ka.i.mo.to.me.ku.da.sa.i.

現在購買的話顏色都很齊全！敬請把握機會選購！

類詞

入荷 にゅうか	nyu.u.ka. 到貨
新着アイテム しんちゃく	shi.n.cha.ku.a.i.te.mu. 新貨
目玉商品 めだましょうひん	me.da.ma.sho.u.hi.n. 主打商品
予約販売 よやくはんばい	yo.ya.ku.ha.n.ba.i. 以預購方式販售
残り2点 のこ　てん	no.ko.ri.ni.te.n. 只剩兩件商品
残り三日 のこ　みっか	no.ko.ri.mi.kka. 還有三天

注文
ちゅうもん
chu.u.mo.n.
訂貨、點菜、訂做

例句

ご注文は、以上で宜しいでしょうか？全部で
2500円になります。

go.chu.u.mo.n.wa./ i.jo.u.de.yo.ro.shi.i.de.sho.
u.ka./ ze.n.bu.de.ni.se.n.go.hya.ku.e.n.ni.na.ri.
ma.su.

餐點這樣就可以了嗎？總共 2500 元。

類詞

発注 はっちゅう	ha.cchu.u. 訂購
カテゴリー	ka.te.go.ri.i. 分類
カタログ	ka.ta.ro.gu. 目錄
パターン	pa.ta.a.n. 圖案
コレクション	ko.re.ku.sho.n. 系列
メールマガジン	me.e.ru.ma.ga.ji.n. 電子雜誌

お支払い
しはら

o.shi.ha.ra.i.

付款

例句

すみません、クレジットカードでのお支払いは
可能ですか？
かのう しはら

su.mi.ma.se.n./ ku.re.ji.tto.ka.a.do.de.no.o.shi.
ha.ra.i.wa.ka.no.u.de.su.ka.

不好意思，請問可以用信用卡付款嗎？

類詞

げんきんとりひき 現金取引	ge.n.ki.n.to.ri.hi.ki. 現金交易
ぎんこうふりこみ 銀行振込	gi.n.ko.u.fu.ri.ko.mi. 銀行匯款
だいきんひきかえ 代金引換	da.i.ki.n.hi.ki.ka.e. 貨到付款
じどうこうざふりかえ 自動口座振替	ji.do.u.ko.u.za.fu.ri.ka.e. 自動轉帳扣款
コンビニ決済 けっさい	ko.n.bi.ni.ke.ssa.i. 便利商店付款
てすうりょう 手数料	te.su.u.ryo.u. 手續費

へんぴん
返品
he.n.pi.n.
退貨

例句

セール商品の返品はお受けできませんので、
予めご了承ください。

se.e.ru.sho.u.hi.n.no.he.n.pi.n.wa.o.u.ke.de.ki.
ma.se.n.no.de./ a.ra.ka.ji.me.go.ryo.u.sho.u.ku.
da.sa.i.

特價商品不接受退貨，敬請見諒。

類詞

払い戻し	ha.ra.i.mo.do.shi. **退款**
返品不可	he.n.pi.n.fu.ka. **不接受退貨**
玉に瑕	ta.ma.ni.ki.zu. **美中不足**
税金還付	ze.i.ki.n.ka.n.pu. **退稅**
手付金	te.tsu.ke.ki.n. **訂金**
交換	ko.u.ka.n. **交換、換貨**

レジ
re.ji.
收銀台

例句

次にお待ちのお客様、こちらのレジも開放しますので、こちらへどうぞ。

tsu.gi.ni.o.ma.chi.no.o.kya.ku.sa.ma./ ko.chi.ra.no.re.ji.mo.ka.i.ho.u.shi.ma.su.no.de./ ko.chi.ra.e.do.u.zo.

下一位等待的客人，這邊的收銀台也可以結帳，請到這裡來。

類詞

レジ係	re.ji.ga.ka.ri. 收銀員
レジ袋	re.ji.bu.ku.ro. 塑膠袋
マイバッグ	ma.i.ba.ggu. 環保袋
千円札	se.n.e.n.sa.tsu. 千元大鈔
十円玉	ju.u.e.n.da.ma. 十元硬幣
新札	shi.n.sa.tsu. 新鈔

はいたつ
配達
ha.i.ta.tsu.
配送、投遞

例句

しょくば さいはいたつ いらい
職場に再配達を依頼したいのですが、お願いで

きませんか?

sho.ku.ba.ni.sa.i.ha.i.ta.tsu.o.i.ra.i.shi.ta.i.no.
de.su.ga./ o.ne.ga.i.de.ki.ma.se.n.ka.

想拜託您再配送一次包裹,送到我上班的地方可以

嗎?

類詞

そうりょうべつ 送料別	so.u.ryo.u.be.tsu. 運費另計
そうりょうこ 送料込み	ro.u.ryo.u.ko.mi. 含運費
ぜいこ 税込み	ze.i.ko.mi. 含税
しゅっか 出荷	shu.kka. 出貨
ゆうびんはいたつ 郵便配達	yu.u.bi.n.ha.i.ta.tsu. 郵寄寄送
しんぶんはいたつ 新聞配達	shi.n.bu.n.ha.i.ta.tsu. 送報

2-7
買い物

こう ざ
口座
ko.u.za.
帳戶、戶頭

例句

どこの銀行でも口座を作るには、印鑑と
身分証明書が必要ですよ。

do.ko.no.gi.n.ko.u.de.mo.ko.u.za.o.tsu.ku.ru.
ni.wa./ i.n.ka.n.to.mi.bu.n.sho.u.me.i.sho.ga.hi.
tsu.yo.u.de.su.yo.

**不管在哪一家銀行開戶頭，都需要印章跟身分證明文
件喔。**

類詞

よきん 預金	yo.ki.n. 存款
よきんつうちょう 預金通帳	yo.ki.n.tsu.u.cho.u. 存摺
あず い 預け入れ	a.zu.ke.i.re. 存錢
ひ だ 引き出し	hi.ki.da.shi. 領錢、抽屜
じどうひ お 自動引き落とし	ji.do.u.hi.ki.o.to.shi. 自動扣款
そうきん 送金	so.u.ki.n. 匯款

きんせんかんかく
金銭感覚
ki.n.se.n.ka.n.ka.ku.
金錢觀

例句

かれし　　　　きんせんかんかく　　　　　　　　　　　ごう
彼氏との金銭感覚があまりにも合わなから、い
　　かね　こと　けんか
つもお金の事で喧嘩してる。

ka.re.shi.to.no.ki.n.se.n.ka.n.ka.ku.ga.a.ma.ri.ni.
mo.a.wa.na.i.ka.ra./ i.tsu.mo.o.ka.ne.no.ko.to.
de.ke.n.ka.shi.te.ru.

**我跟男友的金錢觀實在差太多，所以我們老是為了錢
的事情吵架。**

類詞

おくまんちょうじゃ 億万長者	o.ku.ma.n.cho.u.ja. **百萬富翁**
きんうん 金運	ki.n.u.n. **金錢運**
れんあいうん 恋愛運	re.n.a.i.u.n. **戀愛運**
しごとうん 仕事運	shi.go.to.u.n. **工作運**
せいざうらな 星座占い	se.i.za.u.ra.na.i. **星座占卜**
うらな　し 占い師	u.ra.na.i.shi. **占卜師**

自腹
じばら
ji.ba.ra.
自掏腰包

例句

負けた人は全員分を自腹で払うんだって。よし！頑張ろう！

ma.ke.ta.hi.to.wa.ze.n.i.n.bu.no.ji.ba.ra.de.ha.ra.u.n.da.tte./ yo.shi./ ga.n.ba.ro.u.

輸掉的人好像要自掏腰包付掉所有人的份。好！我得加油了！

類詞

勘定 かんじょう	ka.n.jo.u. 結帳
出費 しゅっぴ	shu.ppi. 支出、開銷
分割払い ぶんかつばら	bu.n.ka.tsu.ba.ra.i. 分期付款
前払い まえばら	ma.e.ba.ra.i. 預付
質屋 しちや	shi.chi.ya. 當鋪
買占め かいし	ka.i.shi.me. 全部買下

相場
そうば

so.u.ba.

行情、市價

例句

少女漫画に出てくる男子は、皆イケメンって
しょうじょまんが で だんし みな
相場が決まってるのよ。
そうば き

sho.u.jo.ma.n.ga.ni.de.te.ku.ru.da.n.shi.wa./
mi.na.i.ke.me.n.tte.so.u.ba.ga.ki.ma.tte.ru.no.
yo.

出現在少女漫畫裡的男生基本上都是型男啦。

類詞

為替レート かわせ	ka.wa.se.re.e.to. 匯率
円相場 えんそうば	e.n.so.u.ba. **日圓匯率**
株 かぶ	ka.bu. **股份**
値上がり ね あ	ne.a.ga.ri. 漲價
値打ち ね う	ne.u.chi. **估價、價值**
値下がり ね さ	ne.sa.ga.ri. 降價

2-7
買い物

売れ筋
う　すじ
u.re.su.ji.
暢銷商品

例句

食品ジャンルの週間売れ筋商品の１位は、最
近話題のはちみつ味噌です。

sho.ku.hi.n.ja.n.ru.no.shu.u.ka.n.u.re.su.ji.
no.i.chi.i.wa./ sa.i.ki.n.wa.da.i.no.ha.chi.mi.tsu.
mi.so.de.su.

**在週間食品類銷售排行第一名的是最近很火紅的蜂蜜
味噌。**

類詞

売れ筋ランキング	u.re.su.ji.ra.n.ki.n.gu. **暢銷排行榜**
売れ足	u.re.a.shi. **銷售情況、銷售速度**
売り物	u.ri.mo.no. **商品、拿手好戲**
客寄せ	kya.ku.yo.se. **招攬顧客**
商売繁盛	sho.u.ba.i.ha.n.jo.u. **生意興隆**
不況	fu.kyo.u. **不景氣**

無料ゲーム
むりょう

mu.ryo.u.ge.e.mu.

免費遊戲

例句

無料ゲームなんだけど、課金しないと手に入らないアイテムもある。
むりょう　　　　　　　　　　　　　かきん　　　　　　て　　はい

mu.ryo.u.ge.e.mu.na.n.da.ke.do./ ka.ki.n.shi.na.i.to.te.ni.ha.i.ra.na.i.a.i.te.mu.mo.a.ru.

雖然是免費遊戲，但也有非得花錢才能得到的道具。

類詞

脱出ゲーム だっしゅつ	da.sshu.tsu.ge.e.mu. 密室脱逃遊戲
恋愛シミュレーションゲーム れんあい	re.n.a.i.shi.myu.re.e.sho.n.ge.e.mu. 戀愛模擬遊戲
アドベンチャーゲーム	a.do.ve.n.cha.a.ge.e.mu. 冒險遊戲
リズムゲーム	ri.zu.mu.ge.e.mu. 節奏遊戲
アクションゲーム	a.ku.sho.n.ge.e.mu. 動作遊戲
その他 ほか	so.no.ho.ka. 其他

アニメ

a.ni.me.

動畫

例句

<ruby>原作<rt>げんさく</rt></ruby>が<ruby>少女漫画<rt>しょうじょまんが</rt></ruby>のアニメだけど、<ruby>男性<rt>だんせい</rt></ruby>が<ruby>観<rt>み</rt></ruby>ても<ruby>楽<rt>たの</rt></ruby>しめると<ruby>思<rt>おも</rt></ruby>う。

ge.n.sa.ku.ga.sho.u.jo.ma.n.ga.no.a.ni.me.da.
ke.do./ da.n.se.i.ga.mi.te.mo.ta.no.shi.me.ru.
to.o.mo.u.

這部動畫雖然原作是少女漫畫，但我覺得這部作品男生看了也會喜歡。

類詞

<ruby>劇場版<rt>げきじょうばん</rt></ruby>	ge.ki.jo.u.ba.n. 動畫電影
<ruby>子供向<rt>こどもむ</rt></ruby>けアニメ	ko.do.mo.mu.ke.a.ni.me. 以兒童為主要收視客群的動畫作品
<ruby>監督<rt>かんとく</rt></ruby>	ka.n.to.ku. 導演
<ruby>主題歌<rt>しゅだいか</rt></ruby>	shu.da.i.ka. 主題曲
ライトノベル	ra.i.to.no.be.ru. 輕小説
４コマ<ruby>漫画<rt>まんが</rt></ruby>	yo.n.ko.ma.ma.n.ga. 四格漫畫

ご当地キャラ
とうち

go.to.u.chi.ka.ra.

當地吉祥物

例句

らいしゅう ばんぐみ いちばんにんき とうち
来週の番組は、一番人気のご当地キャラに
しゅつえん
出演していただきます。

ra.i.shu.u.no.ba.n.gu.mi.wa./ i.chi.ba.n.ni.n.ki.
no.go.to.u.chi.kya.ra.ni.shu.tsu.e.n.shi.te.i.ta.
da.ki.ma.su.

在下星期的節目中，我們將會邀請最有人氣的當地吉祥物上節目。

類詞

マスコット	ma.su.ko.tto. 吉祥物
ちいきげんていはんばい 地域限定販売	chi.i.ki.ge.n.te.i.ha.n.ba.i. 限定地區販賣
すうりょうげんてい 数量限定	su.u.ryo.u.ge.n.te.i. 限量
げんてい ランチ限定	ra.n.chi.ge.n.te.i. 僅限午餐
げんてい ネット限定	ne.tto.ge.n.te.i. 僅限網購
ひとりいってんげんてい 一人一点限定	hi.to.ri.i.tte.n.ge.n.te.i. 一人限買一份

アイドル

a.i.do.ru.

偶像

例句

もう一度アイドルとして頑張れるのは、全部ファンの皆さまのおかげです。

mo.u.i.chi.do.a.i.do.ru.to.shi.te.ga.n.ba.re.ru.
no.wa./ ze.n.bu.fa.n.no.mi.na.sa.ma.no.o.ka.
ge.de.su.

我能再次以偶像身分努力都是因為多虧了粉絲對我的支持。

類詞

キャッチフレーズ	kya.cchi.fu.re.e.zu. 宣傳口號、廣告標語
デビュー	de.byu.u. 出道
取材	shu.za.i. 採訪
子役	ko.ya.ku. 童星
グッズ	gu.zzu. 週邊商品
マネージャー	ma.ne.e.ja.a. 經紀人

モテ期
き
mo.te.ki.
桃花運很旺的時期

例句

これって、もしかしてモテ期到来？いやいや、
き とうらい
そんなのあるわけないだろう。

ko.re.tte./ mo.shi.ka.shi.te.mo.te.ki.to.u.ra.i./
i.ya.i.ya./ so.n.na.no.a.ru.wa.ke.na.i.da.ro.u.

這該不會是意味著我的桃花運來臨了吧？不對啊，怎
麼可能有這種好事嘛。

類詞

リア充 じゅう	ri.a.ju.u. 現實生活充實的人
勝ち組 か ぐみ	ka.chi.gu.mi. 贏家
負け組 ま ぐみ	ma.ke.gu.mi. 輸家
負け犬 ま いぬ	ma.ke.i.nu. 競爭失敗的人、三十歲以上 的未婚女性
バカップル	ba.ka.ppu.ru. 公然放閃的肉麻情侶
モテ男 お	mo.te.o. 搶手男

自分撮り

じ ぶ ん ど

ji.bu.n.do.ri.

自拍

例句

スマートフォンで可愛く自分撮りするにはテク
ニックがあるのです。

su.ma.a.to.fo.n.de.ka.wa.i.ku.ji.bu.n.do.ri.su.
ru.ni.wa.te.ku.ni.kku.ga.a.ru.no.de.su.

想用智慧型手機自拍出可愛的照片是需要技巧的。

類詞

セルフタイマー	se.ru.fu.ta.i.ma.a. 定時拍照功能
レンズ	re.n.zu. 鏡頭
画像加工アプリ	ga.zo.u.ka.ko.u.a.pu.ri. 修圖程式
プリクラ	pu.ri.ku.ra. 大頭貼
証明写真	sho.u.me.i.sha.shi.n. 大頭照
家族写真	ka.zo.ku.sha.shi.n. 家族合照

スキャンダル

su.kya.n.da.ru.

醜聞

例句

芸能人のスキャンダルとか他人のプライベートとか知りたくもないよ。

ge.i.no.u.ji.n.no.su.kya.n.da.ru.to.ka.ta.ni.n.no.
pu.ra.i.be.e.to.to.ka.shi.ri.ta.ku.mo.na.i.yo.

藝人的八卦或他人的私事之類的我壓根就不想知道啊。

類詞

鯖読み	sa.ba.yo.mi. 謊報年齡、身材尺寸
炎上	e.n.jo.u. 網路上的特定言論內容引起眾多網友謾罵撻伐
山火事	ya.ma.ka.ji. 森林火災
荒らし	a.ra.shi. 搗亂、（網路）洗版
自演乙	ji.e.n.o.tsu. 諷刺人自導自演辛苦了
見出し	mi.da.shi. 報章雜誌的報導標題

2-8
娯
楽

ゴリ押し
お
go.ri.o.shi.
刻意推銷硬捧

例句

ゴリ押しをすればするほど、逆効果になると思いませんか？

go.ri.o.shi.o.su.re.ba.su.ru.ho.do./ gya.ku.ko.u.ka.ni.na.ru.to.o.mo.i.ma.se.n.ka.

你不覺得越刻意硬捧越會造成反效果嗎？

類詞

押し通す お　とお	o.shi.to.o.su. 硬是堅持到底
片意地 かたいじ	ka.ta.i.ji. 固執
押し問答 お　もんどう	o.shi.mo.n.do.u. 爭論
助け舟 たす　ぶね	ta.su.ke.bu.ne. 救生艇、幫忙
一肌脱ぐ ひとはだぬ	hi.to.ha.da.nu.gu. 助一臂之力
一発屋 いっぱつや	i.ppa.tsu.ya. 只紅一陣子的藝人、作家等名人

ドン引き
do.n.bi.ki.
掃興、冷場

例句

却下！合コンでそんな事したら、女の子はドン引きしてしまうだろう。

kya.kka./ go.u.ko.n.de.so.n.na.ko.to.o.shi.ta.ra./ o.n.na.no.ko.wa.do.n.bi.ki.shi.te.shi.ma.u.da.ro.u.

駁回！在聯誼的時候做這種事情，會讓女孩子覺得很掃興吧。

類詞

拍子抜け	hyo.u.shi.nu.ke. 掃興
突拍子もない	to.ppyo.u.shi.mo.na.i. 異想天開的
無茶苦茶	mu.cha.ku.cha. 荒唐沒道理
滅茶苦茶	me.cha.ku.cha. 亂七八糟、非常地
出鱈目	de.ta.ra.me. 胡說八道
壁ドン	ka.be.do.n. 壁咚（將對方逼至牆邊並用 手拍牆發出咚聲）

勝負

しょうぶ

sho.u.bu.

比賽、勝負

例句

もし喧嘩の相手が楓ちゃんなら、きっと勝負に
ならないだろう。

けんか　あいて　かえで　　　　　　　　　しょうぶ

mo.shi.ke.n.ka.no.a.i.te.ga.ka.e.de.cha.n.na.ra./
ki.tto.sho.u.bu.ni.na.ra.na.i.da.ro.u.

如果我吵架的對象是小楓的話，想必毫無勝算吧。

類詞

果たし状 は　じょう	ha.ta.shi.jo.u. 決鬥書
真剣 しんけん	shi.n.ke.n. 認真的、一絲不苟的
いい勝負 しょうぶ	i.i.sho.u.nu. 勢均力敵不分上下
競走 きょうそう	kyo.u.so.u. 賽跑
リレー	ri.re.e. 接力賽
綱引き つなひ	tsu.na.hi.ki. 拔河

前売り券
まえう　けん
ma.e.u.ri.ke.n.
預售票

例句

前売券 好評 発売 中！先着 50 名様にもれなくクリアファイルをプレゼント！

ma.e.u.ri.ke.n.ko.u.hyo.u.ha.tsu.ba.i.chu.u./
se.n.cha.ku.go.ju.u.me.i.sa.ma.ni.mo.re.na.ku.
ku.ri.a.fa.i.ru.o.pu.re.ze.n.to.

預售票熱烈販售中！預購的前 50 位顧客可以獲得精美資料夾。

類詞

日本語吹き替え版	ni.ho.n.go.fu.ki.ka.e.ba.n. 日語配音版
演技	e.n.gi. 演技
台詞	se.ri.fu. 台詞
台本	da.i.ho.n. 腳本、劇本
書き下ろし	ka.ki.o.ro.shi. 新寫的、全新繪製的作品
割引	wa.ri.bi.ki. 折扣

コスプレ
ko.su.pu.re.
角色扮演

例句

コスプレをしていて一番楽しいことは何ですか？教えてください。

ko.su.pu.re.o.shi.te.i.te.i.chi.ba.n.ta.no.shi.i.ko.to.wa.na.n.de.su.ka./ o.shi.e.te.ku.da.sa.i.

請告訴我在角色扮演時覺得最快樂的事情是什麼？

類詞

変装	he.n.so.u. 喬裝
見破る	mi.ya.bu.ru. 識破、看穿
ミシン	mi.shi.n. 縫紉機
オーダーメイド	o.o.da.a.me.i.do. 量身訂做
女装	jo.so.u. 男扮女裝
男装	da.n.so.u. 女扮男裝

滑り台
すべ　だい
su.be.ri.da.i.
溜滑梯

例句

この子は滑り台が大好きだから、いつも公園に
こ　すべ　だい　だいず　　　　　　　　　　　こうえん
行こうよって言ってるの。
い　　　　　　　　い
ko.no.ko.wa.su.be.ri.da.i.ga.da.i.su.ki.da.ka.ra./
i.tsu.mo.ko.u.e.n.ni.i.ko.u.yo.tte.i.tte.ru.no.

這孩子最喜歡玩溜滑梯了，老是嚷著要去公園玩。

類詞

ブランコ	bu.ra.n.ko. 盪鞦韆
シーソー	si.i.so.o. 翹翹板
砂場 すなば	su.na.ba. 沙坑
凧 たこ	ta.ko. 風箏
積み木 つ　き	tsu.mi.ki. 積木
謎々 なぞなぞ	na.zo.na.zo. 謎語

お洒落
しゃれ
o.sha.re.

時尚

Track 145

例句

お洒落な服を着て会社へ行ったら、自分だけ浮いてしまいそうです。

o.sha.re.na.fu.ku.o.ki.te.ka.i.sha.e.i.tta.ra./ji.bu.n.da.ke.u.i.te.shi.ma.i.so.u.de.su.

如果穿了漂亮衣服去上班，自己可能會變得太顯眼。

類詞

駄洒落	da.ja.re. 無聊不好笑的笑話
コーディネート	ko.o.di.ne.e.to. 穿搭衣服
カチューシャー	ka.chu.u.sha.a. 髮箍
乙女心	o.to.me.go.ko.ro. 少女心
ピュア	pyu.a. 純真的
北欧雑貨	ho.ku.o.u.za.kka. 北歐風生活雑貨

2-9
ブーム

メーク
me.e.ku.
化妝

例句

メーク初心者が最初に揃えるべき道具を教えてください。
me.e.ku.sho.shi.n.sha.ga.sa.i.sho.ni.so.ro.e.ru.
be.ki.do.u.gu.o.o.shi.e.te.ku.da.sa.i.

請告訴我化妝新手一開始應該要備齊哪些道具。

類詞

ファンデーション	fa.n.de.e.sho.n. 粉底液
ルースパウダー	ru.u.su.pa.u.da.a. 蜜粉
口紅	ku.chi.be.ni. 口紅
ビューラー	byu.u.ra.a. 睫毛夾
マスカラ	ma.su.ka.ra. 睫毛膏
素っぴん	su.ppi.n. 素顔

メーク落とし
お
me.e.ku.o.to.shi.
卸妝

例句

敏感肌なんで、肌に優しくて汚れ落ちがいいメ
ーク落としを探したいんです。

bi.n.ka.n.ha.da.na.n.de./ ha.da.ni.ya.sa.shi.
ku.te.yo.go.re.o.chi.ga.i.i.me.e.ku.o.to.shi.o.sa.
ga.shi.ta.i.n.de.su.

我是敏感性肌膚，想要找溫和又好卸的卸妝品。

類詞

落とし穴	o.to.shi.a.na. 陷阱、圈套
洗顔料	se.n.ga.n.ryo.u. 洗面乳
石鹸	se.kke.n. 肥皂
あぶらとり紙	a.bu.ra.to.ri.ga.mi. 吸油面紙
シャンプー	sha.n.pu.u. 洗髮精
ボディソープ	bo.di.so.o.pu. 沐浴乳

まえがみ
前髪
ma.e.ga.mi.
瀏海

例句

前髪を切りすぎて、変な髪形になってしまった
から、外に出たくない。

ma.e.ga.mi.o.ki.ri.su.gi.te./ he.n.na.ka.mi.ga.ta.
ni.na.tte.shi.ma.tta.ka.ra./ so.to.ni.de.ta.ku.na.i.

瀏海剪得太過火變成很奇怪的髮型，所以不想出門。

類詞

ハーフアップ	ha.a.fu.a.ppu. 公主頭
お団子ヘア	o.da.n.go.he.a. 丸子頭
ポニーテール	po.ni.i.te.e.ru. 馬尾
ツインテール	tsu.i.n.te.e.ru. 雙馬尾
三つ編み	mi.tsu.a.me. 辮子
坊主頭	bo.u.zu.a.ta.ma. 光頭

しふく
私服
shi.fu.ku.
便服

例句

きょう　　　しふく
今日の私服はひらひらレースが沢山付いてる
じゅんぱく
純白のワンピースですよ。

kyo.u.no.shi.fu.ku.wa.hi.ra.hi.ra.re.e.su.ga.ta.
ku.sa.n.tsu.i.te.ru.ju.n.pa.ku.no.wa.n.pi.i.su.
de.su.yo.

今天的便服是有很多飄逸蕾絲的純白洋裝喔。

類詞

いしょう 衣装	i.sho.u. 服裝、劇裝
ねまき 寝巻き	ne.ma.ki. 睡衣
カーディガン	ka.a.di.ga.n. 針織外套
ポンチョ	po.n.cho. 斗篷
ダウンジャケット	da.u.n.ja.ke.tto. 羽絨外套
チャイナドレス	cha.i.na.do.re.su. 旗袍

2-9
ブ
ー
ム

リボン

ri.bo.n.

緞帶

例句

プレゼントにリボンを結ぶのって想像以上に難しくて手間がかかった。

pu.re.ze.n.to.ni.ri.bo.n.o.mu.su.bu.no.tte.
so.u.zo.u.i.jo.u.ni.mu.zu.ka.shi.ku.te.te.ma.
ga.ka.ka.tta.

在禮物上綁緞帶比想像中還難而且很費工夫。

類詞

蝶結び	cho.u.mu.su.bi. 蝴蝶結
簪	ka.n.za.shi. 髮簪
シュシュ	shu.shu. 髮圈
靴紐	ku.tsu.hi.mo. 鞋帶
お結び	o.mu.su.bi. 飯糰
稲荷寿司	i.na.ri.zu.shi. 稲荷壽司

例句

あの女の子が被ってる帽子、可愛いわ。どんな
服にも合わせやすそう。

a.no.o.n.na.no.ko.ga.ka.bu.tte.ru.bo.u.shi./
ka.wa.i.i.wa./ do.n.na.fu.ku.ni.mo.a.wa.se.ya.
su.so.u.

那個女孩子戴的帽子很可愛呢，看起來好像很百搭。

類詞

むぎ ぼうし 麦わら帽子	mu.gi.wa.ra.bo.u.shi. 草帽
やきゅうぼう 野球帽	ya.kyu.u.bo.u. 棒球帽
すいえいぼう 水泳帽	su.i.e.i.bo.u. 泳帽
かさ 笠	ka.sa. 斗笠
シルクハット	su.ru.ku.ha.tto. 高帽
おうかん 王冠	o.u.ka.n. 王冠

試着
しちゃく
shi.cha.ku.
試穿

例句

すみませんが、こちらのシャツを試着してみて
もいいですか？

su.mi.ma.se.n.ga./ ko.chi.ra.no.sha.tsu.o.shi.
cha.ku.shi.te.mi.te.mo.i.i.de.su.ka.

不好意思，請問這件襯衫可以試穿嗎？

類詞

マネキン	ma.ne.ki.n. 假人模特兒
試着室	shi.cha.ku.shi.tsu. 試衣間
更衣室	ko.u.i.shi.tsu. 更衣室
ぴったり	pi.tta.ri. 合適、剛剛好
きつい	ki.tsu.i. 緊緊的、嚴苛的
だぶだぶ	da.bu.da.bu. 寬鬆、鬆垮的

ジーパン

ji.i.pa.n.

牛仔褲

例句

私はスカートより断然ジーパン派です。動きやすいからです。

wa.ta.shi.wa.su.ka.a.to.yo.ri.da.n.ze.n.ji.i.pa.n.ha.de.su./ u.go.ki.ya.su.i.ka.ra.de.su.

跟裙子比起來我完全是牛仔褲這派的人，因為比較好活動。

類詞

デニムスカート	de.ni.mu.su.ka.a.to. 牛仔裙
ショートパンツ	sho.o.to.pa.n.tsu. 短褲
パンツ	pa.n.tsu. 內褲
下着	shi.ta.gi. 貼身衣物
ストッキング	su.to.kki.n.gu. 絲襪
ベルト	be.ru.to. 腰帶

靴下
くつした
ku.tsu.shi.ta.
襪子

例句

くつした あな　　　　　　　　　　　す
靴下に穴があいたら、捨ててしまいます。だっ
は
て、恥ずかしいでしょう。

ku.tsu.shi.ta.ni.a.na.ga.a.i.ta.ra./ su.te.te.shi.
ma.i.ma.su./ da.tte./ ha.zu.ka.shi.i.de.sho.u.

襪子只要破洞我就會丟掉，因為很丟臉啊。

類詞

うわば 上履き	u.wa.ba.ki. **拖鞋、室內鞋**
ニーハイソックス	ni.i.ha.i.so.kku.su. **膝上襪**
ニーハイブーツ	ni.i.ha.i.bu.u.tsu. **過膝靴**
カバーソックス	ka.ba.a.so.kku.su. **隱形襪**
かわぐつ 革靴	ka.wa.gu.tsu. **皮鞋**
てぶくろ 手袋	te.bu.ku.ro. **手套**

化粧ポーチ
けしょう

ke.sho.u.po.o.chi.

化妝包

例句

皆さんは化粧ポーチの中にどのようなアイテム
を入れていますか？

mi.na.sa.n.wa.ke.sho.u.po.o.chi.no.na.ka.ni.
do.no.yo.u.na.a.i.te.mu.o.i.re.te.i.ma.su.ka.

大家會在化妝包裡放什麼樣子的化妝道具呢？

類詞

ボストンバッグ	bo.su.to.n.ba.ggu. 波士頓包
手提げバッグ てさ	te.sa.ge.ba.ggu. 手提包
リュックサック	ryu.kku.sa.kku. 後背包
ショルダーバッグ	sho.ru.da.a.ba.ggu. 斜背包
巾着 きんちゃく	ki.n.cha.ku. 束口袋
ナップサック	na.ppu.sa.kku. 束口後背包

2-9
ブーム

ネット用語
よ う ご

ne.tto.yo.u.go.

網路用語

例句

聞いたことのない単語だな。若者の間で流行ってるネット用語なのかな？

ki.i.ta.ko.to.no.na.i.ta.n.go.da.na./ wa.ka.mo.no.no.a.i.da.de.ha.ya.tte.ru.ne.tto.yo.u.go.na.no.ka.na.

這詞聽都沒聽過。是在年輕人之間很流行的網路用語嗎？

類詞

言葉の綾 ことば あや	ko.to.ba.no.a.ya. 措詞
言葉遣い ことばづか	ko.to.ba.zu.ka.i. 用字遣詞
ニュアンス	nyu.a.n.su. 細微的差異
尻取り しりと	shi.ri.to.ri. 文字接龍遊戲
方言 ほうげん	ho.u.ge.n. 方言
大阪弁 おおさかべん	o.o.sa.ka.be.n. 大阪腔

顔文字
かおもじ
ka.o.mo.ji.
表情符號

例句

メールで絵文字を使いすぎると、なんか軽い感
え も じ つか   かる かん
じがするもんね。

me.e.ru.de.e.mo.ji.o.tsu.ka.i.su.gi.ru.to./na.n.ka.
ka.ru.i.ka.n.ji.ga.su.ru.mo.n.ne.

在郵件裡用太多表情符號，會讓人覺得很輕浮呢。

類詞

スタンプ	su.ta.n.pu. 貼圖、圖章、郵票
ハートマーク	ha.a.to.ma.a.ku. 心型符號
びっくりマーク	bi.kku.ri.ma.a.ku. 驚嘆號
矢印 やじるし	ya.ji.ru.shi. 箭頭符號
音符 おんぷ	o.n.pu. 音符
終止符 しゅうしふ	shu.u.shi.fu. 句號、結束

2-9
ブーム

既読スルー
き ど く
ki.do.ku.su.ru.u.
已讀不回

例句

既読スルーされると、嫌われてるんじゃないか
き ど く　　　　　　　　　　　 きら
と不安になったりする。
ふ あん
ki.do.ku.su.ru.u.sa.re.ru.to./ ki.ra.wa.re.te.ru.
n.ja.na.i.ka.to.fu.a.n.ni.na.tta.ri.su.ru.

如果對方看了訊息卻沒回覆的話，有時候會想說是不
是被人討厭了覺得很不安。

類詞

スルー	su.ru.u. 通過、忽略掉
シカト	shi.ka.to. 無視
他人行儀 _{たにんぎょうぎ}	ta.ni.n.gyo.u.gi. 見外
水臭い _{みずくさ}	mi.zu.ku.sa.i. 見外、太客套
余所余所しい _{よ そ よ そ}	yo.so.yo.so.shi.i. 冷淡、疏遠的
心当たり _{こころあ}	ko.ko.ro.a.ta.ri. 猜想、線索

マニキュア

ma.ni.kyu.a.

美甲、指甲油

例句

マニキュアを素早く綺麗に塗る方法とかあったら、教えてほしい。

ma.ni.kyu.a.o.su.ba.ya.ku.ki.re.i.ni.nu.ru.
ho.u.ho.u.to.ka.a.tta.ra./ o.shi.e.te.ho.shi.i.

有什麼方法可以塗指甲油塗得又快又漂亮嗎？有的話希望你可以教我。

類詞

爪	tsu.me. 指甲
爪切り	tsu.me.ki.ri. 指甲剪
マニキュア液	ma.ni.kyu.a.e.ki. 指甲油
除光液	jo.ko.u.e.ki. 去光水
ネイルアート	ne.e.ru.a.a.to. 指甲彩繪
ネイルサロン	ne.e.ru.sa.ro.n. 美甲沙龍

イヤリング
i.ya.ri.n.gu.
耳環

例句

私の大事なイヤリングがなくなったの。探すの
手伝ってくれる？

wa.ta.shi.no.da.i.ji.na.i.ya.ri.n.gu.ga.na.ku.na.
tta.no./ sa.ga.su.no.te.tsu.da.tte.ku.re.ru.

我很重要的耳環不見了。可以幫我一起找嗎？

類詞

耳たぶ	mi.mi.ta.bu. 耳垂
耳掻き	mi.mi.ka.ki. 掏耳朵
地獄耳	ji.go.ku.mi.mi. 順風耳
盗み聞き	nu.su.mi.gi.ki. 偷聽、竊聽
パンの耳	pa.n.no.mi.mi. 吐司邊
食パン	sho.ku.pa.n. 白吐司

2-9
ブーム

ロック

ro.kku.

搖滾樂

例句

ロックバンドをやっています。よかったら、是非聞きに来てください。

ro.kku.ba.n.do.o.ya.tte.i.ma.su./ yo.ka.tta.ra./
ze.hi.ki.ki.ni.ki.te.ku.da.sa.i.

我們是玩搖滾的樂團。有興趣的話，請務必來聽聽看。

類詞

ビジュアル系	bi.ju.a.ru.ke.i. 視覺系
邦楽	ho.u.ga.ku. 日本傳統音樂
和楽器	wa.ga.kki. 日本傳統樂器
洋楽	yo.u.ga.ku. 西洋音樂
洋画	yo.u.ga. 洋片、西洋繪畫
声楽	se.i.ga.ku. 聲樂

お誕生日

たんじょうび

o.ta.n.jo.u.bi.

生日

例句

お誕生日おめでとう！ケーキ買って来たから、一緒にお祝いしようぜ！

o.ta.n.jo.u.bi.o.me.de.to.u./ ke.e.ki.ka.tte.ki.ta.ka.ra./ i.ssho.ni.o.i.wa.i.shi.yo.u.ze.

生日快樂！我買了蛋糕，一起慶祝吧！

類詞

生年月日 せいねんがっぴ	se.i.ne.n.ga.ppi. 出生年月日
十代 じゅうだい	ju.u.da.i. 10~19 歲間的年齡層
二十歲 はたち	ha.ta.chi. 20 歲
三十路 みそじ	mi.so.ji. 30 歲
アラフォー	a.ra.fo.o. 年齡 40 歲前後的人
年寄り としより	to.shi.yo.ri. 老年人

ほんめい
本命チョコ
ho.n.me.i.cho.ko.
本命巧克力

例句

ことし す ひと ほんめい わた
今年こそ好きなあの人に本命チョコを渡して、
きも つた
気持ちを伝えたい。

ko.to.shi.ko.so.su.ki.na.a.no.hi.to.ni.ho.n.me.
i.cho.ko.o.wa.ta.shi.te./ ki.mo.chi.o.tsu.ta.e.ta.i.

我今年一定要把本命巧克力送給喜歡的人表達我的心意。

類詞

ざり 義理チョコ	gi.ri.cho.ko. 義理巧克力
バレンタインデー	ba.re.n.ta.i.n.de.e. 情人節
ホワイトデー	ho.wa.i.to.de.e. 白色情人節
なま 生チョコ	na.ma.cho.ko. 生巧克力
てづく 手作りチョコ	te.zu.ku.ri.cho.ko. 手工巧克力
チョコレートファウン テン	cho.ko.re.e.to.fa.u.n.te.n. 巧克力噴泉

2-10
お祝い

年賀状

ねんがじょう

ne.n.ga.jo.u.

賀年卡

例句

わたし まいとし だれ　　　　　　　　　　ねんがじょう　とど
私は毎年誰から、どんな年賀状が届くだろうか
ひそ　　　　きたい
と密かに期待しています。

wa.ta.shi.wa.ma.i.to.shi.da.re.ka.ra./ do.n.na.
ne.n.ga.jo.u.ga.to.do.ku.da.ro.u.ka.to.hi.so.ka.
ni.ki.ta.i.shi.te.i.ma.su.

我每年都會默默地期待著究竟會收到誰寄來的什麼樣子的賀年卡。

類詞

としだま お年玉	o.to.shi.da.ma. 壓歲錢
しゅうぎ ご祝儀	go.shu.u.gi. 禮金
みま 見舞い	mi.ma.i. 問候、慰問
みまいきん 見舞金	mi.ma.i.ki.n. 慰問金
ぎえんきん 義援金	gi.e.n.ki.n. 善心捐款
すそわ お裾分け	o.su.so.wa.ke. 把別人送的東西再分送出去

サンタクロース

sa.n.ta.ku.ro.o.su.

聖誕老人

例句

子供の頃、サンタクロースを信じてたけど、今思うと笑っちゃうよ。

ko.do.mo.no.ko.ro./ sa.n.ta.ku.ro.o.su.o.shi.n.ji.te.ta.ke.do./ i.ma.o.mo.u.to.wa.ra.ccha.u.yo.

小時候我真相信有聖誕老人這回事，現在回想起來就覺得好笑。

類詞

トナカイ	to.na.ka.i. 馴鹿
鹿	shi.ka. 鹿
煙突	e.n.to.tsu. 煙囪
空き巣	a.ki.su. 闖空門偷竊財物
髭	hi.ge. 鬍子
謝肉祭	sha.ni.ku.sa.i. 嘉年華會

2-10
お祝い

Track 156

めがみ
女神
me.ga.mi.
女神

例句

果たして、勝利の女神はどのチームに向かって微笑むのだろう？

ha.ta.shi.te./ sho.u.ri.no.me.ga.mi.wa.do.no.chi.i.mu.ni.mu.ka.tte.ho.ho.e.mu.no.da.ro.u.

究竟最後勝利女神會向哪一隊露出微笑呢？

類詞

かみさま 神様	ka.mi.sa.ma. 神明
かみがみ 神々	ka.mi.ga.mi. 諸神
びんぼうがみ 貧乏神	bi.n.bo.u.ga.mi. 窮神
やくばらい 厄払い	ya.ku.ba.ra.i. 消災解厄
のろい 呪い	no.ro.i. 詛咒、咒文
まも お守り	o.ma.mo.ri. 護身符

2-10
お祝い

はは ひ
母の日
ha.ha.no.hi.
母親節

例句

はは ひ おく もの はな ていばん
母の日の贈り物といったら、花が定番だけど、
ふつう
なんか普通すぎない？

ha.ha.no.hi.no.o.ku.ri.mo.no.to.i.tta.ra./ ha.na.
ga.te.i.ba.n.da.ke.do./ na.n.ka.fu.tsu.u.su.gi.na.i.

說到母親節禮物，最經典的就是送花了，但這樣好像
沒有什麼創意？

類詞

ちち ひ 父の日	chi.chi.no.hi. **父親節**
カーネーション	ka.a.ne.e.sho.n. **康乃馨**
おやこうこう 親孝行	o.ya.ko.u.ko.u. **孝順、孝子**
おやおも 親思い	o.ya.o.mo.i. **惦記、敬重父母**
あま 甘やかす	a.ma.ya.ka.su. **縱容、溺愛、姑息**
きずな 絆	ki.zu.na. **羈絆**

**2-10
お祝い**

しゅくじつ

祝 日

shu.ku.ji.tsu.

國定假日

例句

そうだった、今日は祝日だったんだ。郵便局って祝日は休みだよね。

so.u.da.tta./ kyo.u.wa.shu.ku.ji.tsu.da.tta.n.da./ yu.u.bi.n.kyo.ku.tte.shu.ku.ji.tsu.wa.ya.su.mi.da.yo.ne.

對喔，今天是國定假日。郵局國定假日不開嘛。

類詞

こいのぼり 鯉 幟	ko.i.no.bo.ri. 鯉魚旗
ひなまつり 雛祭り	hi.na.ma.tsu.ri. 女兒節
ひな 雛	hi.na. 小雞
にんぎょう 人 形	ni.n.gyo.u. 娃娃、人偶、傀儡
せっく 節句	se.kku. 節日
ねんちゅうぎょうじ 年 中 行 事	ne.n.chu.u.gyo.u.ji. 每年例行的習俗活動

たなばた
七夕
ta.na.ba.ta.
七夕

例句

七夕の時に、願い事を書いたでしょう？あれが叶うといいですね。

ta.na.ba.ta.no.to.ki.ni./ ne.ga.i.go.to.o.ka.i.ta.de.sho.u./ a.re.ga.ka.na.u.to.i.i.de.su.ne.

七夕那時候不是有把願望寫下來嗎？如果能實現的話就太好了。

類詞

彦星	hi.ko.bo.shi. 牛郎星
織姫	o.ri.hi.me. 織女星
カササギ	ka.sa.sa.gi. 喜鵲
逢引	a.i.bi.ki. 私會、幽會
別れ	wa.ka.re. 別離
離れ離れ	ha.na.re.ba.na.re. 分離、失散

月見
つきみ
tsu.ki.mi.
賞月

例句

そう言えば、今日は満月ですよね。一緒にお月見に行きませんか？

so.u.i.e.ba./ kyo.u.wa.ma.n.ge.tsu.de.su.yo.ne./ i.ssho.ni.o.tsu.ki.mi.ni.i.ki.ma.se.n.ka.

話說今天是滿月耶，要不要一起去賞月呢？

類詞

柚子 ゆず	yu.zu. 柚子
月見うどん つきみ	tsu.ki.mi.u.do.n. 月見烏龍麵
上弦月 じょうげんづき	jo.u.ge.n.zu.ki. 上弦月
下弦月 かげんづき	ka.ge.n.zu.ki. 下弦月
三日月 みかづき	mi.ka.zu.ki. 農曆三日的月亮
十六夜 いざよい	i.za.yo.i. 農曆十六號的月亮

粽
ちまき
chi.ma.ki.

粽子

例句

もち<ruby>米<rt>ごめ</rt></ruby>を<ruby>笹<rt>ささ</rt></ruby>の<ruby>葉<rt>は</rt></ruby>に<ruby>包<rt>つつ</rt></ruby>んで、1<ruby>時間半<rt>じかんはん</rt></ruby>ほど<ruby>茹<rt>ゆ</rt></ruby>でたら、<ruby>粽<rt>ちまき</rt></ruby>の<ruby>出来上<rt>できあ</rt></ruby>がりです。

mo.chi.go.me.o.sa.sa.no.ha.ni.tsu.tsu.n.de./
i.chi.ji.ka.n.ha.n.ho.do.yu.de.ta.ra./ chi.ma.ki.
no.de.ki.a.ga.ri.de.su.

把糯米包到竹葉裡，煮個一小半小時左右，這樣粽子就完成了。

類詞

<ruby>春巻<rt>はるま</rt></ruby>き	ha.ru.ma.ki. 春捲
<ruby>生春巻<rt>なまはるま</rt></ruby>き	na.ma.ha.ru.ma.ki. 越南生春捲
<ruby>大根餅<rt>だいこんもち</rt></ruby>	da.i.ko.n.mo.chi. 蘿蔔糕
お<ruby>餅<rt>もち</rt></ruby>	o.mo.chi. 麻糬
<ruby>汁粉<rt>しるこ</rt></ruby>	shi.ru.ko. 日式麻糬紅豆甜湯
<ruby>供<rt>そな</rt></ruby>え<ruby>物<rt>もの</rt></ruby>	so.na.e.mo.no. 供品

記念日

きねんび

ki.ne.n.bi.

紀念日

Track 159

例句

結婚記念日を忘れたんだ。何も用意しなかった
から、女房に怒られたよ。

ke.kko.n.ki.ne.n.bi.o.wa.su.re.ta.n.da./ na.ni.
mo.yo.u.i.shi.na.ka.tta.ka.ra./ nyo.u.bo.u.ni.o.ko.
ra.re.ta.yo.

我忘了結婚紀念日。因為什麼都沒準備，就被老婆痛
罵了一頓。

類詞

アニバーサリー	a.ni.ba.a.sa.ri.i. 週年紀念日、週年慶
メモリアル	me.mo.ri.a.ru. 紀念碑
銅像	do.u.zo.u. 銅像
記憶力	ki.o.ku.ryo.ku. 記憶力
忘れっぽい	wa.su.re.ppo.i. 健忘的
頼りない	ta.yo.ri.na.i. 靠不住、無依無靠的

2-10
お祝い

えんにち
縁日
e.n.ni.chi.
廟會、有廟會的日子

例句

あした　　　　えんにち　　　　きんぎょ
明日から縁日だね。金魚すくいとかイカ焼きと
　　　やたい　たの
かの屋台が楽しみだ。

a.shi.ta.ka.ra.e.n.ni.chi.da.ne./ ki.n.gyo.su.ku.
i.to.ka.i.ka.ya.ki.to.ka.no.ya.ta.i.ga.ta.no.shi.
mi.da.

從明天開始就有廟會了呢，很期待撈金魚還有烤花枝
之類的路邊攤哪。

類詞

てら お寺	o.te.ra. 寺廟
ぼうず 坊主	bo.u.zu. 和尚
みこ 巫女	mi.ko. 巫女
さんぱい 参拝	sa.n.pa.i. 參拜
くじび 籤引き	ku.ji.bi.ki. 抽籤
けいひん 景品	ke.i.hi.n. 贈品

2-10
お祝い

日語館 系列 05

一天5分鐘搞定日語單字

作者　周盈汝　執行編輯　周盈汝　美術編輯　林子凌

出版社

22103　新北市汐止區大同路三段１８８號９樓之１
TEL　（02）8647-3663
FAX　（02）8647-3660

法律顧問　方圓法律事務所　涂成樞律師

總經銷：永續圖書有限公司
永續圖書線上購物網
www.foreverbooks.com.tw

CVS代理　美璟文化有限公司
　　　　　TEL　（02）2723-9968
　　　　　FAX　（02）2723-9668
出版日　2015年05月

國家圖書館出版品預行編目資料

一天5分鐘搞定日語單字 / 周盈汝 著.
-- 初版. -- 新北市：語言鳥文化, 民104.05
　　　面；　公分. --（日語館；5）
ISBN 978-986-91666-0-7（平裝附光碟片）
　　　1. 日語 2. 詞彙
　803. 12　　　　　　　104004101

一天5分鐘搞定日語單字

感謝您對這本書的支持，請務必留下您的基本資料及常用的電子信箱，以傳真、掃描或使用我們準備的免郵回函寄回。我們每月將抽出一百名回函讀者寄出精美禮物，並享有生日當月購書優惠價，語言鳥文化再一次感謝您的支持與愛護！

想知道更多更即時的消息，歡迎加入"永續圖書粉絲團"

傳真電話：　　　　　　　　　　電子信箱：
（02）8647-3660　　　　　　　yungjiuh@ms45.hinet.net

基本資料

姓名：＿＿＿＿＿　○先生　電話：＿＿＿＿＿
　　　　　　　　　○小姐

E-mail：＿＿＿＿＿

地址：＿＿＿＿＿

購買此書的縣市及地點：＿＿＿＿＿

☐連鎖書店　☐一般書局　☐量販店　☐超商

☐書展　　　☐郵購　　　☐網路訂購　☐其他＿＿

您對於本書的意見

內容	:	☐滿意	☐尚可	☐待改進
編排	:	☐滿意	☐尚可	☐待改進
文字閱讀	:	☐滿意	☐尚可	☐待改進
封面設計	:	☐滿意	☐尚可	☐待改進
印刷品質	:	☐滿意	☐尚可	☐待改進

您對於敝公司的建議

＿＿＿＿＿＿＿＿＿＿＿＿＿＿＿＿＿＿＿＿＿

＿＿＿＿＿＿＿＿＿＿＿＿＿＿＿＿＿＿＿＿＿

＿＿＿＿＿＿＿＿＿＿＿＿＿＿＿＿＿＿＿＿＿

新北市汐止區大同路三段188號9樓之1

語言鳥文化事業有限公司

編輯部 收

請沿此虛線對折免貼郵票，以膠帶黏貼後寄回，謝謝！

語言是通往世界的橋梁

語言鳥 **P**arrot

語言是通往世界的橋梁

語言鳥 **P**arrot
語言是通往世界的橋梁